MARIE MENZIKOF,

ET

FÉDOR DOLGOROUKI.

HISTOIRE RUSSE.

TOME I.

MARIE MENZIKOF,

ET

FÉDOR DOLGOROUKI.

HISTOIRE RUSSE,

EN FORME DE LETTRES.

Traduit de l'Allemand

d'Auguste LaFontaine.

Par Mme. Isabelle de Montolieu.

TOME I.

A PARIS,

Chez Gosset, Lib., Palais du Tribunat, galeries de bois, N°. 234, et rue Haute-Feuille, N°. 36.

An XII. — 1804.

PRÉFACE.

» Encore La Fontaine, toujours
» La Fontaine, toujours des tra-
» ductions de cette langue Tudes-
» que, et de cet auteur inépuisa-
» ble qui devrait enfin fatiguer les
» traducteurs ainsi qu'il fatigue le
» public : il a beau varier ses cou-
» leurs et son costume, passer des
» simples tableaux de famille au
» tableau sublime et terrible des ex-
» ploits d'un Héros guerrier et vin-
» dicatif, et de la chûte d'une anti-
» que nation à celle d'un simple
» particulier, ministre d'un grand
» Empire, relégué avec sa famille

„ dans les déserts de la Sibérie; n'est-
„ ce pas toujours La Fontaine, et
„ ce seul nom à la tête d'un ou-
„ vrage ne doit-il pas d'avance fai-
„ re bailler le lecteur? „.... Voilà ce
que j'entends dire à la publication
de ce nouvel ouvrage. Voilà ce qu'on
m'a déja répété plus d'une fois, et
qui ne m'a point rebutée, quoique
je doive craindre aussi que le nom
de la traductrice ne produise le
même effet que celui de l'auteur.

Mais je l'avoue, il m'est aussi impossible de comprendre cette espèce de prévention contre les ouvrages de La Fontaine, que de la
partager, et de la croire générale.

Sans doute il écrit trop pour écrire
également bien et pour ne pas se
répéter, mais c'est au traducteur
intelligent à choisir dans ses nom-
breux ouvrages ceux qui peuvent
le mieux réussir en Français ; c'est
ce que j'ai tâché de faire jusqu'à
présent, en cherchant aussi à varier
le genre de ceux que j'ai traduits ;
quatre différens tableaux de famille,
Charles Engelman, le Ministre de
campagne, Théodore, et le Fils d'a-
doption, m'ont paru suffisans pour
donner une idée de cette série de
romans beaucoup plus considérable
dans l'original, mais dont les situations devaient nécessairement se res-

sembler. Aristoméne n'avait aucune
espèce de rapport ; il importe peu
au lecteur qu'il soit de La Fontaine
ou d'un autre auteur lorsqu'il lui offre
également le charme de la variété ;
et celui que je donne actuellement
au public est absolument différent
de ceux qui l'ont précédé , et pour
la forme et pour le fonds, et pour le
lieu de la scène ; c'est cependant
aussi un roman historique ; des Russes m'ont assuré que l'auteur a scru-
puleusement suivi la vérité , même
dans les détails ; et l'histoire du
malheureux Menzikof est trop con-
nue pour que ces détails ne soyent
pas intéressans. Je demande donc

grace encore cette fois pour une production de La Fontaine , c'est le premier ouvrage qu'on ait de lui en forme de lettres ; cette diversité rendra peut-être plus indulgent. J'avertis aussi que je solliciterai encore cette indulgence pour mon auteur favori, pour celui dont j'ai l'habitude à présent , et que je traduis moins mal peut-être que je ne ferais un autre stile ; je travaille à ce moment à donner un de ses premiers ouvrages, que je remercie les traducteurs de m'avoir laissé, quoique j'en sois surprise ; mais c'était juste puisque c'est une ancienne histoire Suisse, intitulée *Rodolphe de*

Werdenberg ; il paraîtra sous peu
de tems ; et quoique ce soit encore
et toujours du *La Fontaine* traduit
par *Isabelle de Montolieu* , j'ose me
flatter qu'il sera bien reçu , étant
un des ouvrages de ce genre le
plus estimé en Allemagne. Je sens
combien il est téméraire de paraître encore dans cette carriere, après
Valerie , la Duchesse de la Valliere
&c. , mais aussi c'est ce qui me rend
timide , et m'engage à me borner
aux traductions.

I. D. M.

MARIE MENZIKOF,

ET

FÉDOR DOLGOROUKI.

LETTRE PREMIERE.

Fédor Dolgorouki à son ami
Gustave R****.

De St. Pétersbourg . . . 1725.

ME voici de retour, mon cher Gustave, dans le climat glacé de ma patrie;
ne crois pas, mon ami, que l'ambition
m'ait entraîné loin de toi, ne le crois
pas, je t'en conjure, au nom des jours
heureux de notre jeunesse, au nom des
rêves sublimes qui occupaient nos âmes
et les élevaient au-dessus de cette terre,
et des vains projets des hommes....

Tome I. A

Des rêves.... c'est ainsi que l'ambitieux nomme, avec le sourire de la
pitié, les élans d'une ame vertueuse qui
se suffit à elle-même. Il rampe habile-
ment pour parvenir à son but, et il appelle cela s'élever. Il regarde comme
un vain songe la vertu modeste, et la
plus noble espérance de l'homme, celle
de se perfectionner par ses propres
ressources.

Non, Gustave, ce n'est pas l'ambition qui t'enleva ton ami, qui l'arracha
du printems éternel de ta belle patrie,
de tes plaines fleuries, de tes bois animés par le chant du rossignol, et tem-
pérés par le soufle embaumé du zéphir.
Ce n'est pas l'ambition qui m'enchaîne
sur cette terre où croissent à peine
quelques fleurs, où le printems est inconnu, où les frimats et les glaces d'un
long hiver succèdent à des étés courts
et brûlans.

Les révolutions de mon pays passent sous mes yeux, et ne me frappent pas plus que les événemens ordinaires de la vie; je ne forme de vœux que pour le bonheur général de ma patrie, et aucun pour moi-même. La cour ne me convient pas; qu'est-ce que j'y ferais d'un cœur tendre et sensible? Il serait sans cesse froissé et brisé contre des ames froides et dures comme les glaces de la Néva; il serait indigné de voir de vils courtisans chercher par tous les moyens possibles à s'élever, non pour faire le bien, mais pour renverser ceux qui leur déplaisent, pour les écraser du poids de leur fausse grandeur. Un seul homme, notre Pierre-le-Grand, était disposé à la bienveillance, parce qu'il avait atteint le faîte de l'ambition; il n'est plus; ceux qui lui ont survécu ne pensent qu'à eux seuls, et oublient qu'ils

ont des devoirs à remplir envers leur
patrie. Non, Gustave, le spectacle de
cette activité d'intrigue, de cette active
et perfide curiosité qui s'exerce sur la
conduite d'autrui, de cette crainte, de
cette haine, qu'on cherche envain à
dissimuler, ces soucis, ces inquiétudes
dévorantes, cette envie, cette jalousie,
toutes les viles passions qui se peignent
en traits hideux sur les visages de ceux
qui les éprouvent; ce spectacle m'a
guéri pour jamais de l'ambition.

Mais je te l'avoue, Gustave, c'est
l'amour de ma patrie qui m'a séparé de
toi, qui l'a emporté sur l'amitié. Ce
n'est pas le climat, ce n'est pas la terre
du pays où on est né, qui constituent
la patrie; c'est les regards pleins de
tendresse qu'on a rencontrés dès sa
naissance, c'est la voix de nos parens
qui frappa notre ouïe dès qu'elle put

distinguer un son. — Tu ris en lisant
ceci, Gustave, toi qui m'as raillé si
souvent de la dureté, de la rudesse de
ma langue maternelle ; que tu la trouves
telle, je le comprends ; pour moi, c'est
la langue de la vertu, de l'éternelle amitié, de l'amour paternel et filial, de la
piété. Si je veux prier avec respect et
ferveur, il faut que ce soit avec ces
accens qui te paraissent si barbares ;
j'y attache l'idée des premiers sentimens
qui ont animés mon existence. Oh ! si
jamais une femme adorée me dit, je
t'aime, que ce soit dans cette langue
barbare avec laquelle ma mère me bénissait dans mon enfance.

Ta langue, Gustave, si douce, si
sonore, me sera toujours étrangère ;
quoique je la possède aussi bien que
toi-même, ce n'est pas celle de mon
enfance, ce n'est pas même celle de

notre amitié, car dans les momens d'un
saint enthousiasme sur ce sentiment
sublime, des larmes, un serrement de
main, un regard expressif étaient no.
tre seul langage, et nos bouches res.
taient muettes. Non, Gustave, dans ces
momens où je sentais avec tant de force
que je t'aimais, je n'aurais pu t'expri.
mer ce que j'éprouvais que dans la lan.
gue que me parlait ma mère, car qui
sait aimer comme une mère ! N'as-tu
pas senti, Gustave, combien dans un
pays étranger, un seul mot prononcé
dans l'idiôme de notre pays, nous
inspire un vif intérêt pour le plus insi.
gnifiant de nos compatriotes; cet accent
chéri que nous entendîmes, que nous
prononçâmes dans notre enfance, ré.
tentit à l'instant même dans notre cœur
et réveille mille doux souvenirs. Ces
souvenirs, Gustave, m'ont fait quitter

le paradis que tu habites, et m'ont entraîné irresistiblement dans ma lointaine
et froide patrie.

Je vois souvent mon respectable grand
oncle, le vieux feld-maréchal prince
Basile Dolgorouki; c'est le chef de notre famille, par ses vertus, plus encore
que par son âge; on l'appelle un fron-
deur, un censeur impitoyable, et malgré cela tout le monde l'aime, le respecte; il est le consolateur des malheureux, le refuge de ceux qui sont battus
par l'orage. Pourquoi es-tu revenu,
mon neveu? me dit-il, en posant sa
main tremblante sur mon épaule, lorsque je lui fus présenté dans une grande
assemblée chez mon père; viens-tu
courir après de vains honneurs, après
le pouvoir et les richesses? Ton cœur
a-t-il déja cessé de battre pour l'amour,
pour l'amitié, pour l'innocente et douce

gaieté? Serais-tu déja rassasié des rêves enchanteurs de l'adolescence? Il
resta quelques instans dans un sombre
silence, puis il reprit d'un ton sérieux
et solemnel : Mon cher Fédor, le nom
que tu portes ne t'entraînera que trop
tôt sur la mer orageuse de l'ambition,
au travers des écueils et des débris
dont elle est parsemée. Tu vois autour
de toi tous les grands de ton pays,
(dit-il en me montrant l'assemblée) tu
vois au milieu d'eux le plus puissant
de tous, en désignant Menzikof; ah!
Fédor, tu peux m'en croire, l'é-
toile brillante qui décore sa poitrine
couvre un cœur plein de soucis et
d'angoisses; ce cordon, cette étoile,
cet ordre, qu'il porte avec orgueil,
sont le prix du chagrin et du malheur.

Le soir lorsque l'assemblée se fut
retirée, mon père me montra l'un après

l'autre tous les tableaux de famille dont le sallon est décoré ; je contemplais pour la première fois les traits de mes ancêtres avec un vif intérêt. Le beau nom de Dolgorouki, (1) me dit mon père, t'appelle à ne vivre que pour augmenter la gloire et l'éclat de notre maison. Vois tous tes ancêtres ; depuis cet ancien Alexis, ils ont tous justifiés notre nom, ils se sont tous rendus dignes du sceptre qu'ils portaient.

Le maréchal sourit et dit à mon père :
« Lukisch, (2) montre, je t'en prie,
« à ton fils le seul Dolgorouki qui ait
« vécu paisiblement et soit mort tran-
« quille sans avoir éprouvé les vissi-
« citudes de la fortune ». Il me con-

_____

(1) Dolgorouki signifie en ancien russe main de Souverain.

(2) Lukisch, ou fils de Luc. C'est une caresse en Russie de nommer un homme par le nom de son père.

duisit lui-même vers un portrait placé
dans un coin à l'écart. « Il s'appellait
« Fédor, comme toi, continua-t-il,
« et il vécut dans la retraite comme on
« a placé son portrait ; tu ne lui vois
« aucune des décorations attachées à
« la grandeur, tout ce qu'on peut
« dire de lui c'est qu'il fut heureux ».

« Et là, repliqua mon père, un
« peu blessé, est votre portrait, prince
« Bazile, ce bâton de maréchal ne
« va pas si mal entre vos mains ».

Le feld-maréchal se tourna vivement
de son côté. « Il y a huit ans, mon ne-
« veu Lukisch, que nous quittâmes
« Moscou. Une nuit nous fumes obli-
« gés de rester dans la cabane d'un
« pauvre paysan ; je le vois encore
« cet honnête homme assis à côté de
« sa femme, regardant avec tendresse
« et bonheur cinq enfans qui jouaient

« autour d'eux. Son frère survint ;
« arrivant de la capitale ; il raconta
« les affreux événemens qui venaient
« de se passer dans la famille impé-
« riale, et la mort du Czarovitz ; notre
« hôte pâlit, sa femme pressa en trem-
« blant ses enfans sur son sein, et
« versait des larmes. Que crains-tu,
« lui dit son mari en les embrassant,
« ne sommes - nous pas ici heureux
« et tranquilles. Lukisch, tu t'appro-
« chas de moi, et tu me dis à voix
« basse, *heureux* et *tranquille*, mon
« oncle ! ah ! oui, cet homme est heu-
« reux, il ose être époux, père, frère;
« les grands de la cour ne l'osent pas !
« Et lorsque le paysan apprit que nous
« étions aussi du nombre des proscrits,
« il nous dit en secouant la tête avec
« pitié : sûrement vous rendez graces
« à Dieu de ce que vous êtes libres

[12]

« maintenant, et jamais vous ne re-
« tournerez à la cour: Lukisch, alors
« tu saisis sa main, et tu t'écrias avec
« le ton du sentiment, non, jamais,
« jamais je ne retournerai sur cette
« terre de malheur ! je veux être *heu-*
« *reux*, *tranquille*, et père, comme
« toi. Sois-le à présent, Lukisch,
« voilà ton fils ". En disant ces mots
le respectable vieillard me plaça dans
les bras de mon père, et nous prit
tous deux dans les siens. Je réstai
enfin seul avec le maréchal, et lorsque je pris congé de lui il me dit:
« deux fois déja je suis tombé dans
« l'abîme du malheur, je veux mou-
« rir en paix, Fédor ; il n'y a eu qu'un
« seul Dolgorouki heureux, sois le
« second ".

—« Que dois-je faire, lui demandai-
« je ?

— « Te maintenir indépendant de la
« tyrannie de l'ambition, me répondit-
« il ». Je baisai sa main vénérable,
et je lui jurai de suivre ses conseils,
en pressant contre le mien son noble
cœur auquel l'ambition a fait de pro-
fondes blessures, et qui n'a trouvé
enfin le repos qu'au bord de la tombe.

Adieu, GUSTAVE.

LETTRE II.

Fédor à Gustave.

De Posek . . . Décembre 1725.

Lis, Gustave, et apprend le bonheur de ton ami ! je vis dans un monde
nouveau, un printems bien plus beau,
bien plus serein que celui de ta patrie,
règne dans mon cœur ; un soleil plus
brillant, plus doux éclaire mon existence ; un air plus pur remplit les lieux
où je respire. Gustave, qu'étais-je
auparavant ? Tout me paraît si neuf,
si animé, la création n'a plus de bornes pour moi, je commence à sentir,
à comprendre la vie. Jadis je respirais
seulement pour soutenir mon existence, je végétais comme une plante, ce

n'est qu'à présent que j'ai une ame.

Je voudrais pouvoir t'expliquer ce que je sens, ce que j'éprouve, mais pourrais - tu me comprendre?

Mon père avait l'idée que je devais vivré à la cour. Mes parens me disaient des choses flatteuses sur mon extérieur; j'en parlai avec chagrin au respectable maréchal, il sourit de la chaleur que je mettais à m'éloigner des honneurs. Que desires-tu donc, mon neveu, me demanda-t-il?

Ce que je desire, mon oncle, je veux m'éloigner d'ici, tout y blesse mes yeux, mon cœur, mes principes. Il m'est impossible de témoigner des sentimens que je n'éprouve pas, de cacher sous le masque de l'amitié, la haine et le mépris; je veux combattre ouvertement les ennemis de ma patrie, et non pas en secret ceux dont j'ignore les torts. Ce Menzikof, me dit-on sans cesse, nous empêche de nous élever ; mais je vous le demande, mon oncle, agirions-nous autrement que lui si nous étions à sa place ? J'en doute, mon ami, me répondit cet honnête homme. Mais tu veux faire usage de ton épée, soit, le sentiment qui t'anime est digne d'un Dolgorouki.

Le lendemain l'impératrice m'accorda la permission d'aller joindre le général Matouskin aux frontières de la Perse, pour combattre sous ses ordres comme volontaire contre le Schamchal ; (1) j'y volai, et déjà le vingt septembre je fus au nouveau fort de Sainte

---

(1) Schamchal ou Schemchal, c'est ainsi qu'on appelait les princes du Dagestan, avec qui la Russie était alors en guerre.

Croix , où Matouskin me reçut comme
un fils. Huit jours après nous attaquâ-
mes les hordes sauvages des Tartares,
je combattis à côté du général, je
ralliai quelques escadrons que l'ennemi avait dispersés , et je me précipitai
à leur tête au plus fort de la mêlée.

Cette attaque violente jeta l'effroi
parmi les Tartares , et les dispersa à
leur tour ; l'infanterie suivit mes dragons dans leurs rangs ; les Tartares
furent complettement battus et s'en-
fuirent dans les montagnes. Le général m'embrassa devant notre ligne,
et m'attribua tout l'honneur de la victoire. Nous poursuivîmes l'ennemi jusques dans Turchau sa capitale , dont
nous nous rendîmes maîtres et la guerre
fut terminée. Matouskin fait son rapport à l'impératrice et me charge de
le lui porter ; j'essaye d'être dispensé

de cette commission, mais le général ordonne, et je suis forcé d'obéir.

A quelques journées de Pétersbourg,
je dépassai deux traîneaux qui che-
-minaient presque aussi vite que moi;
l'après midi, j'arrive au bord d'un lac
formé par le débordement d'une rivière
qui avait subitement dégelé, je m'arrête devant l'unique cabane qui se
trouve dans cette contrée, et je demande un bateau, ou bien un con-
ducteur pour me mener au pont le
plus voisin. Le maître de la cabane
me répondit que c'était là le seul chemin qui conduisit à Pétersbourg, qu'il
n'y avait ni pont ni bateau pour tra-
verser ce lac accidentel, que les eaux
s'écouleraient, et qu'il fallait prendre
patience. Sa femme ajouta que toute
la contrée était submergée fort au loin
et que je mettrais plus de tems à faire

un détour, qu'il n'en faudrait à la ri-
viére pour rentrer dans son lit.

Les traîneaux que j'avais rencontrés
arrivèrent peu de tems après moi ; trois
dames occupaient le premier, leurs
gens le second ; ils paraissaient connaître fort bien le pays, et nous as-
surèrent aussi qu'il n'y avait d'autre
parti à prendre que de s'arrêter un
jour ou deux jusqu'à ce que l'eau se fut
écoulée.

Les dames descendirent ; il me parut que c'était une mère et deux filles ;
leur maintien était noble, je ne pus
voir leurs figures parce qu'elles étaient
voilées ; les pelisses précieuses dont
elles étaient couvertes annonçaient des
dames de distinction. Nous voulumes
entrer dans la cabane, mais une odeur
suffocante qui sortait de la maison
nous retint sur le seuil de la porte.

„ Il m'est impossible de rester là de
dans, dit la plus âgée. „ Coquin, dit
un des hommes de sa suite, „ pro-
„ cure-nous un autre gîte ".

„ Comment le pourrait-il ", repliqua la dame d'un ton de reprimande?

„ Il faut bien qu'il le puisse ", dit
encore le domestique du ton le plus
rude en menaçant de son bâton le
pauvre malheureux paysan.

Je retins son bras : „ je vous remer-
„ cie, monsieur, me dit la dame en
„ s'inclinant ; n'apprendrez-vous donc
„ jamais à être humain, dit - elle au
„ domestique ? Eloignez - vous. Il
obéit.

Le paysan se tenait à l'écart tout
tremblant, la dame le rassura ; ses
deux filles s'assirent à terre à côté
de deux enfans bien sales qu'elles ca-
ressèrent en disant à leurs parens

d'une voix douce et encourageante , que c'étaient de petits anges. En moins de deux minutes elles avaient fait sortir de leurs paquets , qui étaient avec leurs femmes sur le second traîneau , un bonnet fourré pour la paysanne , et des petits mouchoirs de soye pour chacun des enfans , qu'elles attachèrent elles - mêmes.

Tout en regardant avec intérêt ce touchant spectacle de bonté et de reconnaissance , je pensais à l'embarras de notre situation : « Que ferons-nous, » dis - je enfin , où nous arrêterons- » nous ? Nous ne pouvons pas re- » tourner sur nos pas , nos chevaux » sont trop fatigués ". Le paysan nous dit alors qu'à peu de distance de son habitation , dans la forêt voisine , se trouvaient quelques hangards fort secs, construits avec des troncs d'arbres et

de la mousse , et qui servaient de retraite momentanée aux chasseurs et
aux bucherons. Nous remontâmes sur
nos traîneaux , et nous nous fîmes conduire par le paysan à l'endroit désigné,
où nous trouvâmes en effet quelques
huttes très-rapprochées les unes des
autres. Je fis allumer du feu dans celle
qui avait la meilleure apparence , et
où se trouvait une espèce de cheminée ; j'y fis transporter une table et
quelques pliants que j'avais dans mon
traîneau , et je fis préparer par mes
gens une boisson chaude ; j'y con-
duisis les trois dames qui parurent sen-
sibles à mes attentions.

La fille aînée était saisie de froid.
Approche-toi du feu , Marie , lui dit
sa mere. Elle obéit , ôta son bonnet
de pelisse , et releva sur ses beaux
cheveux blonds un voile verd qui cou-

vrait son visage. Gustave..... Ce moment décida le sort de ton ami ! je
restai immobile d'admiration devant
cette figure angelique ; toute la fraî-
cheur , toute l'innocence de quinze ans,
de grands yeux bleus foncés , un sourire tel qu'on peut imaginer celui des
anges...... J'ai vu , je crois de plus
belles femmes , mais celle là seule m'a
donné l'idée d'une intelligence céleste ,
et je n'ai jamais vu un regard, un sourire qu'on put comparer au sien....
Gustave , j'étais obligé de m'occuper
du feu pour me forcer à détourner un
instant mes yeux ; déja mes regards
l'avaient faite rougir. Je bus dans le
même gobelet qu'elle , il n'y en avait
que deux , sa mère et sa sœur prirent
l'autre. Ne suis-je pas un enfant de
te raconter tous ces détails : depuis
lors je n'ai bu que dans ce vase , les

lèvres de Marie l'ont touché ! Tu connais l'impression que fait un joli
son de voix, il donne des charmes
même à la laideur, et Marie joint ce
charme à tous ceux qu'elle posséde ;
il me faisait l'effet de la plus douce
mélodie ; elle parla peu, mais si bien,
si simplement, tout ce qu'elle dit était
précisément ce qu'il fallait dire sans
la moindre recherche, mais avec des
expressions si choisies ! Te rappelles-
tu, Gustave, cette charmante musique de flûtes et de haut-bois que nous
entendîmes un soir dans le lointain,
et qui finit par m'émouvoir au point
de faire couler mes larmes et d'arrêter ma respiration ; c'est là ce que me
faisait éprouver chaque inflexion de
la voix de Marie ; il m'aurait été impossible de cacher l'impression qu'elle
faisait sur moi, je ne l'essayais pas
même ;

même ; mais soit qu'elle fut accoutumée, ainsi que sa mère et sa sœur, à
cet effet , soit pour d'autres raisons,
elles n'eurent pas l'air de le remarquer.
Peu-à-peu nous commençâmes à nous
parler avec moins de gêne , et bientôt
ces deux jeunes filles montrèrent tant
d'esprit et des connaissances si rares
à leur âge, que j'en fus frappé ; je
témoignai ma surprise , et je leur dis
en riant qu'elles avaient eu un excellent instituteur. Ah ! oui sans doute, et
le plus aimé , dirent - elles en se jetant
dans les bras de leur mère ; la voilà
notre institutrice, nous n'en avons jamais eu d'autre. Par un mouvement
involontaire d'admiration je me jetai
aux pieds de cette excellente mère , je
saisis sa main , et je la baisai deux
fois avec respect et vivacité.
Que signifie cette pantomime , dit-

Tome I.   B

elle, en cherchant à masquer par un
sourire les larmes d'attendrissement
qui s'échappaient de ses yeux?

Ah! madame, lui répondis-je, ce
n'est point une pantomime, je me pros-
terne devant ce qu'il y a de plus respectable dans la nature, devant une
bonne mère. A ces mots les larmes
coulèrent abondamment de tous les
yeux, les filles se serrèrent encore
plus fort contre leur mère, et je baisai encore sa main avec un redou-
blement de respect et d'admiration.

On nous dit le soir que probablement nous pourrions poursuivre notre
route le lendemain matin. J'allai moi
même examiner l'inondation, que je
trouvai considérablement diminuée. A
mon retour un des gens de ces dames me dit qu'elles voulaient essayer
de dormir quelques heures. Je m'assis

auprès d'un feu qui brûlait dans le
second hangard , j'y restai quelque
tems absorbé dans mes pensées ; je
me levai ensuite vivement et je retour-
nai auprès du premier : qui sont vos
maîtres , dis-je à ce domestique? Il
me repondit qu'il lui était sévérement
défendu , ainsi qu'à ses camarades ,
de révéler le nom de ces dames ; je
me tus et m'éloignai en rêvant. J'allais
rentrer dans mon hangard lorsque ce
même domestique vint à moi , il me
dit qu'on avoit apperçu dans la forêt
des gens suspects qui avaient l'air de
nous guéter ; qu'il croyait devoir m'en
avertir. Il me parlait encore quand
nous entendîmes plusieurs coups de
sifflets qui partaient de differens côtés ;
je revins avec lui auprès du hangard
où reposaient ces dames , je fis placer tous nos traîneaux devant la cabane ;

B 2

ensuite allumer plusieurs feux autour
de nous entre les arbres, et enfin
charger toutes les armes à feu que
nous avions avec nous.

Malgré toutes les précautions que
j'avais prises pour que ces arrangemens se fissent sans bruit, les dames
s'en étaient apperçues, et me firent
prier par une de leurs femmes d'aller les joindre; elles étaient assises
auprès du feu; on m'y fit placer, et il
fallut leur détailler l'espèce de danger que nous courions; je m'attendais à une scène d'inquiétude et de
frayeur; les deux filles pâlirent en effet, mais la mere me demanda avec
un calme qui m'étonna, quelles précautions on avait prises. Je leur racontai mes moyens de défense, elles
les approuvèrent et se tranquillisèrent
tout-à-fait. Je sortais de tems en tems

pour visiter mes *postes*, c'était nos gens
que j'avais placés en sentinelle ; quand
je rentrais on me faisait bien vite une
place auprès du feu, on l'attisait pour
moi, on me plaignait d'un froid que
j'étais loin de sentir ; la plus douce
chaleur circulait dans mes veines. Nous
causions ensemble comme d'anciennes
connaissances ; je leur racontai lés motifs de mon voyage, et d'après leurs
desirs je leur parlai de la campagne
que *je* venais de faire ; insensiblement
elles oublièrent aussi que j'étais un
étranger pour elles, et me communi-
quèrent plusieurs particularités de leur
voyage. J'étais avec elles comme un
enfant plein d'innocence et de confiance ; et celle qu'elles me mon-
traient m'encourageait. Bientôt je leur
fis l'histoire de ma vie, je leur con-
fiai tous mes petits secrets, je leur

peignis tout ce que j'avais éprouvé de
plus remarquable, particulierement la
mort prématurée de ma mere, dont
je leur parlai, comme j'en parle tou_
jours, avec enthousiasme.

Ensuite, Gustave, je leur parlai
de toi, je leur détaillai comment ton
excellente mere nous avoit élevés en_
semble, combien elle m'avait aimé,
et comme nous nous aimions encore;
j'étais assis entre la mere et Marie;
en vérité je croyais être avec notre
bonne mère; je saisis la main de la mère
de Marie, comme je prenais quelque_
fois la main de la tienne, et je la
pressai sur mon cœur en disant, chère
maman : Elles étaient touchées jus_
qu'aux larmes, et moi même je m'at_
tendris au point d'en verser. Continuez
me disait tantôt Marie, tantôt sa sœur.
Quand j'eus tout dit, Marie aussi me

raconta à son tour avec l'accent le plus tendre, comment elle avait toujours vécu sous les yeux de sa mère avec sa sœur Alexandrine, comme j'ai vécu avec toi...... Quelle excellente femme que la mère de votre ami, me disaient-elles, comme nous aurions voulu la connaître !

Nous aurions mérité de la connaître, dit Marie, nous qui sentons si bien le prix d'une bonne mere.

Quelle famille nous aurions fait ensemble, dit ingénument la fille cadette.

La meilleure du monde, dis-je en prenant sa main dans une des miennes, et tendant l'autre à Marie, comme si elle eut dû confirmer en la touchant ce que je venais de dire. Elle prit ma main, Gustave, et la serra avec l'expression de l'amitié en répé-

tant mes paroles « oui en verité la
meilleure famille du monde ; deux
bonnes mères, deux filles, deux fils...
n'est ce pas maman ? "

Nous nous étions levés tous trois,
la bonne mère fit un mouvement comme si elle avait voulu nous serrer
ensemble dans ses bras ; elle ne le fit
pas, mais son regard plein de tendresse remplaça son embrassement, et
nous nous assîmes autour d'elle.

C'est ainsi que se passa la plus
belle nuit de ma vie ; le paysan vint
nous annoncer au matin que le pont
n'était plus submergé, et que déja
quelques traîneaux venant de Petersbourg avaient passé. J'étais obligé de
hâter ma marche, et je sentis que
je devais partir dans quelques minutes ; mais je frissonnai de la tête aux
pieds en pensant que j'allais me sépa-

rer de Marie, que je ne la reverrais
peut-être jamais, et que j'ignorais
même son nom..... j'osai le demander,
on me refusa avec un deux sourire.....
j'insistai; mais on persista à me le
cacher.

Il faut que je parte, dis-je en
baisant la main de la mère, puisse le
sort ma favoriser encore comme il
l'a fait hier? Peut-être est-ce le dernier instant de bonheur de toute ma
vie, mais le souvenir des heureux momens que j'ai passés dans cette forêt,
ne s'effacera jamais.......

Adieu mon fils, dit la mère en
m'interrompant, d'une voix émue; mes
filles et moi nous penserons souvent
à vous avec intêret et plaisir.

Je levai les yeux au ciel, puis m'ap-
puyant sur le dossier d'une chaise,

B 5

je donnai un libre cours à mes larmes.

Bon jeune homme, dit la mère avec attendrissement, en passant la main sur mon épaule, une si vive douleur en quittant des étrangeres, ne peut-être que la sympathie de la vertu, je l'éprouve aussi la force de cette sympathie, quelques heures nous ont rendus amis. Embrassez-moi, et reprenez courage, nous nous retrouverons peut-être encore, et sûrement du moins nous nous aimerons toujours.

Je me levai, je l'embrassai sans pouvoir articuler un seul mot. Alexandrine et Marie pleuraient aussi, je les saluai en silence et je sortis; toutes les trois me suivirent et restèrent sur la porte jusqu'à ce que je fusse monté dans mon traîneau ; Marie me fit encore un signe d'adieu avec

son voile verd qu'elle tenait à la main,
j'étendis les bras vers ce signal de la
couleur de l'espérance, en m'écriant,
non, nous ne serons pas séparés pour
toujours....... et mes chevaux m'en-
traînèrent avec rapidité.

J'arrivai à Pétersbourg le dix-sept
novembre à huit heures du soir ; je
m'étais mis de manière à pouvoir
paraître en descendant de mon traîneau devant l'Impératrice ; on me dit
à la porte que sa majesté était à Va-
sili-Ostrow chez le prince Menzikof
pour célébrer son jour de naissance.
Je m'y rendis : à peine fus je entré
dans le palais dont toute la façade,
ainsi que l'intérieur étaient illuminés,
que l'Impératrice voulut me parler à
moi-même ; je lui remis les dépêches
de mon général, et ses yeux brillè-
rent de joie en les lisant. « Matouskin

« me mande, me dit-elle très-gra-
« cieusement, que vous avez été le
« héros de la journée du vingt-six
« septembre; racontez-moi tout ce
« qui s'est passé. Je lui donnai tous
les détails qu'elle désirait et sa joie
augmentait en m'écoutant. Avant que
j'eusse fini mon recit, elle m'ordonna
de la suivre et nous rentrâmes dans
le sallon, où toute la cour était rassemblée. Au moment même les trompettes et les timbales annoncèrent *les*
heureuses nouvelles que j'apportais,
l'Impératrice posa sa main sur mon
épaule et dit à mon grand oncle le
feld-maréchal : voilà le jeune héros
à qui je dois la victoire. Elle lut ensuite à haute voix la lettre de Matouskin.

Menzikof, dit-elle avec l'accent
du bonheur, quelle heureuse journée ! vous devez savoir gré au prince

Dolgorouki dêtre arrivé aujourd'hui ;
la fête de votre naissance est aussi
celle de la victoire.

Mon grand oncle était très-ému ,
tous mes parens m'entourèrent et me
félicitèrent de ce que l'Impératrice
m'avait traité avec autant de distinction.

Menzikof seul ne prenait aucune
part à l'allégresse générale ; son regard étoit sombre , il étouffait des
soupirs , on voyait qu'il se faisait une
violence extrême pour paraître calme
et pour faire les honneurs de sa fête....
le malheureux ! il attendait à chaque
instant la nouvelle de la mort d'une
de ses filles , qu'un accident dans un
voyage , avait mise en danger de perdre la vie. Gustave , ce pauvre père
me faisait pitié , ce malheur me recon-
ciliait avec lui ; combien je le trouvais intéressant avec son air triste ,

préoccupé , et ses regards inquiets
qu'il tournait à chaque instant du côté
de la porte ! ses lèvres étaient dés-
sechées , je le voyais porter souvent
son verre à la bouche , la mouiller
seulement , et le poser sans avoir bu ;
il commençait à parler , balbutiait , et
ne pouvait achever sa phrase. Il
t'aurait aussi touché de compassion ce
grand homme , qui dans ce moment
n'était plus qu'un père malheureux. Il
hait les Dolgorouki , dis-je à l'un de
mes cousins qui m'avait appris la cause de son anxiété , mais l'inquiétude
qui le dévore prouve à quel point il
est capable d'aimer ; tu le nommes le
plus ambitieux des hommes , l'ambition étouffe , dit-on , tous les autres
sentimens dans le cœur dont elle s'em-
pare ; et tu vois que l'amour parter-
nel fait oublier à Menzikof toutes ses

dignités, la présence de sa souveraine,
les honneurs dont il est entouré ; et
que ce sentiment l'emporte chez lui
sur l'ambition. Je suis sûr qu'il don-
nerait en ce moment ses décorations,
ses richesses, son autorité , tout l'éclat
de son rang , pour rendre la vie à sa
fille ; il pouroit même se jeter aux pieds
d'un Dolgorouki qui lui indiquerait un
remède salutaire qui put sauver cette
fille chérie.

Mon parent sourit ironiquement. —
Ah ! continuai-je avec plus de feu ,
nous haïssons Menzikof bien plus
pour le rang qu'il occupe , que pour
son caractère ambitieux ; non jamais
je ne pourrai haïr un homme qui montre assez de force d'ame , de sincérité,
de sensibilité , pour ne pas cacher ce
qu'il éprouve , pour ne pas affecter un
air joyeux en présence de sa souve-

raine un jour de victoire et de triomphe, à la fête de sa naissance, lorsque son cœur paternel est déchiré. Un
homme qui dans ces circonstances, et
au milieu d'une cour, ose ainsi se montrer père n'est pas un ambitieux. S'il
a des torts avec nous, nous en avons
avec lui, et je crois que nous en trou-
verions toujours *au premier ministre
de l'Impératrice,* quel que fut sa conduite avec nous.

Mon cousin répondit avec un ton
d'amertume. „ Nous n'exigeons de lui
„ que ce que la justice la plus sévère
„ lui prescrit ; qu'il ne mette pas d'obs-
„ tacle à notre élévation ".

La justice ! repris-je vivemement ;
eh ! que deviendrait le prince Menzikof,
s'il n'empêchait pas les Dolgorouki de
s'élever ? Que lui laisseriez - vous si
vous aviez autant de pouvoir que lui ?

Votre inimitié n'est peut-être qu'une défense, mais aussi c'est pour sa sûreté qu'il nous arrête dans nos projets; notre élévation serait le signal de sa ruine, pouvez-vous le nier?

Dans ce moment nous entendîmes dans la salle voisine un bruit confus, et nous y vîmes beaucoup de mouvement; Menzikof pâlit comme la mort, il voulait aller, mais son émotion lui en ôta la force et le contraignit à s'appuyer contre le lambris. Je tremblais avec lui; sans doute un courier de sa femme lui apportait la fatale nouvelle. Tout d'un coup après un instant de silence les trompettes et les tymbales se firent entendre, les deux battans de la grande porte s'ouvrirent, et l'Impératrice entra conduisant par la main..... Oh! Gustave, je crus sentir la terre s'ouvrir sous mes pieds, je fûs obligé à mon tour

de m'appuyer contre la cheminée.....
C'était Marie que l'Impératrice conduisait à son père..... Oui, Gustave,
cette fille dont il pleurait déja la mort,
pour qui je prenais un intêrêt, qui
sans doute était un pressentiment,
c'était Marie ; elle, la fille de Menzikof, de l'implacable ennemi de ma
famille ! Je vis dans un instant toute
l'étendue de mon malheur; il me sem.
blait que tout disparaissait autour de
moi; le bruit des instrumens, *les cris
de joye de toute l'assemblée*, faisaient
un tel contraste avec ce que j'éprou.
vais ; mon cœur était si serré, si
ému, que je ne sais pas comment je
ne suis pas tombé évanoui ; je voyais
tous les objets tourner autour de moi
sans en distinguer aucun ; je n'enten.
dais plus qu'un bruit confus, les yeux
se portaient machinalement du côté

où l'heureux père pressait entre ses
bras sa fille, qui s'était jetée à ses
pieds ; il me paraissait qu'il y avait
entre nous un abîme immense, et que
Menzikof saisissait Marie pour l'empêcher d'y tomber. Heureusement tous
les yeux étaient fixés sur ce grouppe
touchant dont l'Impératrice faisait partie, et les instrumens remplissaient
la salle de leurs sons bruyans, ce qui
empêcha qu'on ne remarqua mon trouble, et qu'on ne m'entendit ; car je
me rappelle que je poussai un cri
douloureux.

Les embrassemens de la famille
Menzikof durèrent assez longtems
pour que je pusse me remettre un
peu de mon émotion ; j'appris que
Marie avait réellement été malade à
la mort dans une terre très - éloignée
qu'elle habitait avec sa mère et sa

sœur. Pendant quelque tems on avoit
désespéré de sa vie, mais une heureuse crise ayant décidé sa guérison,
sa mère au lieu d'envoyer un courier
au prince pour lui apprendre cette
heureuse nouvelle, avait préféré de
venir le surprendre et de lui amener
sa fille pour son jour de naissance.
Elles étaient arrivées une heure après
moi.

Quel jour heureux, Menzikof, dit
l'Impératrice de ce ton affectueux et
maternel qu'elle sait avoir avec ses
favoris ; vous remportez une victoire
sur la mort, moi sur mes ennemis ; si
la mienne est plus glorieuse, la vôtre
est plus douce. Où donc est mon jeune
héros, dit elle en me cherchant des
yeux, je veux présenter l'un à l'autre
nos deux messagers de bonheur. Je
m'approchai, elle me conduisit auprès

de Marie : voilà , lui dit-elle , le prince
Fédor Dolgorouki qui m'apporte aujour-
d'hui la nouvelle d'une victoire que
je dois à sa valeur ; il faut que vous
soyez le roi et la reine du bal. Marie
leva les yeux et rougit beaucoup en
me reconnaissant ; sa mère , sa sœur
témoignèrent la même surprise ; elles
me croyaient un simple officier de l'armée envoyé en courier à Pétersbourg ;
ne voulant pas me dire son nom de
crainte que le bruit de son arrivée
ne parvint avant elle à son époux ,
la discrétion l'avait empêchée de me
demander le mien. Elle raconta comment nous nous étions rencontrés et
me fit mille amitiés. Dans tout autre
moment elles auraient fait froncer le
sourcil à Menzikof, mais il était trop
heureux pour songer à la haine.

Le bal commença , je pris la main

de Marie pour la conduire au bout
de la salle ; cette main tremblait dans
la mienne ; j'osai la serrer doucement.
Gustave, que Marie était belle ! l'émotion animait légérement ce teint si
blanc, mais un peu trop pâle depuis
sa maladie ; ses yeux brillaient d'un
feu si doux, et Marie ne devait rien
à la parure ; elle avait le même habit
de voyage que je lui avais vu dans la
forêt, elle tenait encore à la main ce
même voile verd dont l'heureux présage se réalisait déja : l'Impératrice
avertie de leur arrivée était allée les
recevoir et avait exigé d'elles qu'elles
entrassent telles qu'elles étaient ; Marie avait seulement ôté la pelisse dont
sa taille svelte et gracieuse était enveloppée ; et parée de ses charmes
seuls, elle éclipsait toutes les beautés
de la fête.

Je la contemplais avec ravissement, et je ne trouvais rien à lui dire ; c'est elle qui me parla la première.

„ Mes pressentimens ne m'avaient pas trompée, me dit-elle avec ce ton de voix enchanteur dont je t'ai déjà parlé, nous nous revoyons ".

« C'est....... un heureux hazard " dis-je en hésitant , sans trop savoir ce que je disais , et pour répondre quelque chose ; j'étais entièrement absorbé par mes pensées , par l'amour qui remplissait déja mon cœur, et par l'idée de la haine de nos deux familles.

Elle me regarda d'un air étonné.... Prince Fédor , me dit-elle avec un sourire angelique, j'aime mieux vos adieux que vos reconnaissances ".

Lorsque nous commençâmes à danser je vis qu'elle était embarrassée de son voile verd, je m'en emparai, je

le mis dans ma poche, et je jurai de
ne plus m'en séparer.

On dansait des valses, je passai
mon bras autour d'elle, et je parcou-
rus d'un vol rapide cette salle remplie
de monde où je ne voyais qu'elle seule.
Jusqu'à ce moment, Gustave, je ne
m'étais pas douté de tout le charme
de cette danse inventée pour l'amour;
je n'étais plus sur cette terre, il me
semblait que déja dégagé de nos en-
veloppes terrestres, nous prenions ensemble notre essor vers les cieux ; je
croyais entendre l'harmonie des anges
qui nous recevaient dans leurs demeu-
res aériennes ; toutes mes pensées
étaient d'accord avec cette illusion,
aucune passion humaine ne venait s'y
mêler, j'oubliais la haine, je n'éprouvais aucun desir, je sentais seulement
que j'étais le plus heureux des êtres,

enlacé

enlacé dans les bras de Marie , l'entou-
rant des miens , la pressant sur mon
cœur, respirant sa douce haleine, sentant
palpiter son sein contre ma poitrine ,
rencontrant ses regards si purs, si doux
qui se confondaient dans les miens ;
je te le jure , Gustave , je n'eus pas
un sentiment dont elle put rougir ; seulement un moment où je crus sentir
qu'elle me pressait plus fortement (et
c'était vrai , faible encore et fatiguée
du voyage, la rapidité de la danse lui
donnait des vertiges) alors il m'échappa de lui dire bien bas en l'approchant
de mon cœur , „ chère, adorée Marie ''!
elle jetta sur moi un regard plein d'expression, un seul regard, car au même
instant je vis ses yeux se fermer, ses
joues pâlir, sa tête se pencha sur mon
épaule, je sentis tout le poids de son

Tome I.   C

corps, et je la soutins pour l'empêcher
de tomber.

On nous entoura ; sa mère fut
comme un éclair auprès de nous : tu
n'es pas bien, Marie, dit-elle en s'as-
seyant sur une banquette auprès de laquelle nous étions, et l'attirant sur
ses genoux, où je la posai moi-même ; sa main resta dans la mienne,
et de tems en tems elle la serrait fortement ; c'était une contraction de nerfs,
mais qui m'assurait son existence. Au
bout d'un instant elle entr'ouvrit les
yeux, les porta d'abord sur sa mère,
puis sur moi, et les referma en disant
faiblement, *il me semble que je suis
parfaitement bien ;* elle retomba sur
le sein de sa mère, et je sentis à sa
main qu'elle était évanouie une seconde fois. Sa mère la serrait contre son
sein et pleurait..... je pleurais aussi,

Gustave, je m'en apperçus au bras de Marie qui était mouillé de mes lar_mes. On lui faisait respirer des sels, on frottait ses tempes d'eau spiritueuse ; elle reprit tout-à-fait connaissance , et dit à sa mère en souriant , je vous ai donné bien de l'inquiétude , bonne maman ; ne craignez rien , je suis bien. En disant cela je crus sentir qu'elle serrait doucement ma main qui tenait toujours la sienne , et ce n'était plus une contraction de nerfs. Elle la retira bientôt , et une légère nuance de cou_leur de rose reparut sur ses joues pâles ; une nuance de plus les couvrit en voyant que son bras était humide , et ne pouvait l'être que des larmes qui mouillaient aussi mes joues : elle me regarda, mais avec quelle expres-sion , quelle pureté , et quelle tendresse. Gustave ! Je suis.....je suis je crois le plus heureux des hommes. Es-tu bien, lui dit sa mère avec émotion ? — Oui sûrement très-bien, mais..... mais. La princesse tourna les yeux sur moi comme si elle eût deviné ce qui se passait au-dedans de nous.... Est-ce que tu voudrais être seule, ma fille ?

Oui, seule avec vous ma chère maman, ma meilleure amie ; elle leva lentement ses yeux sur moi, et me dit avec une douceur inexprimable : bonne nuit, prince Fédor, et pardon pour votre faible danseuse. Une minute après elle était hors de la salle ainsi que sa mère et sa sœur... Et moi, Gustave, trois minutes après je me trouvai sur les chantiers de l'autre côté de la Néva, vis-à-vis du palais Menzikof, sans trop me rappeler comment j'y étais venu. Enveloppé de ma pelisse, je me plaçai sous le portail

de l'église luthérienne, et je regardai
fixement le palais illuminé, croyant
au moindre bruit entendre la voix de
Marie ; et quand mes regards se portaient vers le ciel, je croyais la voir
dans chaque nuage. Je restai là jusqu'à ce que mon domestique, qui me
cherchait, m'eût trouvé, et m'eût em-
mené chez moi. Je devais sans doute
avoir besoin de repos après mon pénible
voyage, mais j'aurais préféré mille fois
passer la nuit entière auprès de la
demeure de Marie. Le lendemain après
m'être assuré que sa santé était bonne et qu'elle ne sortirait pas, ni ne
recevrait personne de quelques jours,
j'allai m'établir dans ma petite maison
de campagne, pour rêver à elle tout à
mon aise ; à la ville il m'aurait fallu
parler d'autre chose, écouter, *m'occu-*
per de ce qui n'est pas elle.

Je n'ai rien gagné à venir dans ma
retraite, on m'y obséde de billets, de
visites ; mes parens veulent que je ré-
tourne à Pétersbourg, toute la cour s'é-
tonne de que je me fais si peu valoir,
de ce que je me tiens à l'écart après
avoir reçu de l'Impératrice des témoignages d'une faveur aussi distinguée.
Oh ! s'ils savaient ce que j'éprouve,
et combien je méprise ces vains honneurs ; s'ils savaient que je céderais
le trône du monde pour un banc de
gazon où je serais assis près de
Marie, que je ne donnerais pas la
fleur qu'elle aurait cueillie, pour le
sceptre du plus grand empire ; que ce
voile qui a couvert ses beaux cheveux
et ses traits célestes, est mille fois
plus à mes yeux, que ces cordons,
ces étoiles dont on voudrait me déco-
rer. S'ils savaient, mes orgueilleux pa-

rens, combien elle est tout pour moi ,
la fille de celui qu'ils voudraient
anéantir , ils seraient au desespoir ;
car ils me destinent.......... grand
Dieu ! puis-je l'écrire ! oui, c'est moi
qu'on destine à renverser l'idole du
moment , le favori Menzikof. L'Impératrice m'a souri , disent-ils..... les
insensés , ils n'ont vu que le sourire
d'une femme , d'une souveraine, ils
n'ont pas pas vu celui d'un ange !......
les aveugles !.... mais moi, Gustave,
je l'ai vu, je l'ai senti , et ton ami
ne veut point d'autre bonheur que de
le revoir encore.   Adieu.

LETTRE III.

Marie Menzikof à Sophie Rocales, sa gouvernante.

JE viens d'expédier une grande lettre pour ma chère, pour ma bonne Sophie; comme tu me l'as demandé; je te raconte jusqu'aux moindres particularités de mon voyage et de mon arrivée chez mon père.... et cependant, Sophie, tu ne sais rien encore.... à moins.... à moins que ton cœur n'ait deviné celui de ton élève, ce cœur dont tu as développé la sensibilité.... trop peut-être, mais puis-je t'en vouloir, Sophie; ah ! bien au contraire. Tu me disais souvent que l'amour était la récompense de la vertu, tu te

trompais ; l'amour c'est la vertu même ; oui, mon amie, ma seconde mère,
depuis...... depuis le jour de naissance
de mon père je me trouve cent fois
meilleure, plus douce, plus tendre,
plus généreuse, et par conséquent plus
heureuse ; je me sens aussi plus de
force et plus d'énergie. Bonne Sophie,
indique - moi l'action la plus sublime
qui ait jamais été faite par les hommes, le plus grand sacrifice dont la
nature soit capable, et sois sûre qu'il
ne m'effrayera pas..... La mort par
exemple, tu sais que je l'ai vue de
bien près ; elle m'effrayait alors je te
l'avoue : ce jour où j'étais si mal, où
on désesperait de ma vie, lorsque je
pouvais penser à quelque chose, c'était
au regret de quitter sitôt cette vie
dont j'ignorais encore la valeur..... Et
à présent, Sophie, à présent que je

sens jusqu'au fond de l'ame de quel
charme elle peut - être remplie, par
une contrarieté singulière je la per.
drais sans me plaindre..... mourir ,
grand Dieu, qu'est - ce que mourir ?
Fermer les yeux , cesser de respirer ,
sentir s'arrêter les battement de son
cœur et la circulation de son sang,
quelques momens plutôt ou plus tard;
et combien de peines on évite dont
les hommes se plaisent à nous acca.
bler et qui nous seront épargnées dans
le sein du Père céleste qui nous a
donné une ame immortelle , une ame
avide d'un bonheur qui ne peut se
trouver sur cette terre ; c'est là seu.
lement, Sophie, qu'il me sera permis
d'aimer Fédor , c'est là que nos deux
ames réunies n'en formeront plus qu'u.
ne seule ; c'est dans ces régions céles.
tes où la haine ne pénétra jamais que

Marie et Fédor trouveront le bonheur, un bonheur éternel, une éternité d'a-mour.

Il faut que je te dise tout, Sophie; après ma mère, qui plus que toi a le droit de lire dans mon cœur? Et ma mère a lu dans le cœur de sa fille, elle sait que Fédor Dolgorouki, est tout pour Marie..... Dolgorouki.... ma main tremble en écrivant ce nom. Alexis Dolgorouki et ses deux fils Ivan et Sergi, et Lukitsch le père de Fédor, *sont les ennemis les plus acharnés, les plus implacables des Menzikof;* le feld-maréchal, grand oncle de Fédor, doit-être seul excepté, son excellent cœur est incapable de haine..... mais mon père, Sophie..... mon père si ten-dre, si bon pour ses enfans, devait-il connaître la haine, et cependant il déteste, il abhorre tous les Dolgorouki;

les voila donc d'un côté avec leurs
cœurs remplis de fiel et de vengeance..... Et Fédor et moi de l'autre côté
avec nos cœurs pleins d'amour et de
fidélité. Je ne sais que trop que les
haines de famille, dont la source est
l'ambition, sont inextinguibles et que
leur suite est terrible. Chère Sophie,
je lis beaucoup, et mon père et ma
mère se rejouissent du desir que j'ai de
m'instruire ; mais sais-tu ce que je
lis ? c'est les histoires des guerres san-
glantes des Guelphes et des Gebelins,
de la Rose rouge et de la Rose blan-
che, des Montaigu et des Capulet etc.
etc. etc. Partout je cherche avec ar-
deur une réconciliation, une parole
de paix, et je ne trouve que des
menaces, des poignards, et la haine
la plus atroce, la plus irréconciliable;
il me semble que je vois à chaque

ligne la condamnation de Fédor et la
mienne, que je vois aiguiser les poignards qui doivent nous percer le
cœur. Grand Dieu! ne vaudrait-il pas
mieux que notre dépouille mortelle fut
déja couchée dans le cercueil, et nos
ames dans le séjour de la paix. Oh!
pourquoi s'appelle-t-il Dolgorouki?
pourquoi mon père est-il un Menzikof, puisque nous devions nous aimer?

Ma bonne mère me flatte d'un vain
espoir pour l'avenir; peut-être, me dit-
elle quelquefois, êtes-vous destinés
Fédor et toi, à former le lien qui réu-
nira les Dolgorouki et les Menzikof.
Je souris à cette idée enchanteresse;
mais alors elle soupire, et la douce
illusion s'évanouit. Chère maman, lui
disais-je, si notre amour ne peut
vaincre la haine, notre mort le pour-

ra peut-être. — A quoi penses-tu là,
Marie, me dit-elle avec effroi? Je
souris encore en l'embrassant ; vous
m'avez appris, Sophie, et vous, chère
maman, que la mort est le port du repos
et qu'on doit y penser souvent ; elle gar.
da le silence, et nos larmes se con-
fondirent. Je ne lui parlai pas de mes
tristes pressentimens pour ne pas affli.
ger son cœur maternel ; mais ton ame
est plus forte que la sienne, je puis
te dire tout ce que je pense, tout ce
que je sens ; la tombe sera l'autel où
s'uniront Marie et Fédor. Je t'écris
ces mots avec le plus grand calme,
comme lorsque j'ai fait l'aveu de mon
amour à ma mère ; je lui devais mon
premier aveu, et c'est pourquoi je ne
t'ai pas dit dans ma lettre précédente
que je l'avais aimé dès le premier ins.
tant où je le vis ; mais je ne sais pas

bien moi-même quand j'ai commencé
à l'aimer, il me semble que je l'ai
toujours aimé depuis que j'ai appris
à sentir ; depuis longtems je le plaçais
dans mes rêves d'un bonheur futur ;
c'était un jeune homme comme lui
que je voyais accomplir toutes les
grandes actions que nous retrace
l'histoire ; lorsque j'entendis le pré-
mier son de sa voix, elle ne me parut
point étrangère, il avait rétenti depuis
longtems dans mon ame. Lorsqu'à genoux devant ma mère, inondé de larmes,
il nous fit ses adieux ; lorsqu'il dis-
parut au travers de la forêt....... Sophie,
je l'aimais déja, comme je l'aimerai
toute ma vie ; il me semblait que j'aurais dû rester éternellement avec lui,
me faire toujours répéter comme il
s'était précipité dans le combat au
milieu des Tartares du Dagestan, com-

me il avait pleuré dans son enfance
sur le tombeau de sa mère...... comme il chérissait sa seconde mère, et
son ami Gustave. Tu m'avais dit si
souvent, bonne et prudente amie, qu'il
fallait que l'amour commençât d'abord
par l'estime, qui devait produire peu-
à-peu l'amitié, que cette amitié se
changeait en un peu d'amour, et ensuite en beaucoup d'amour. Tout cela ne m'est point arrivé, et notre sentiment n'a point suivi cette marche;
l'estime, l'amitié, l'amour, la passion
sont arrivés ensemble, et se sont con-
fondus dans nos cœurs. Dès qu'il eût
appris mon nom il se troubla; mais
l'instant d'après, appuyée sur son épaule, pressée contre son sein, entraînée
par un mouvement doux et rapide, je
me sentais mourir, Sophie, mais que
cette mort était douce! Tout dispa-

faissait à ma vue, la musique n'était
plus qu'un son confus et délicieux ;
le dernier mot que j'entendis fut „
Marie, chère Marie”, le dernier objet
que j'apperçus ce furent les regards
de Fédor, et je ne revins à moi que
sur le sein de ma mère, et ma main
dans celle de Fédor. Oh! bonne Sophie,
il me semblait être à l'autel avec,
lui, bénie par notre mère; je ne pus
m'empêcher de presser sa main, si
j'avais prononcé un mot j'aurais dit
que je l'adorais; mais le plaisir, la
douleur, la crainte, l'espérance, sai_
sirent à la fois mon ame, et trop fai_
ble pour supporter ce que j'éprouvais,
je perdis une seconde fois l'usage de
mes sens. Dès que je pus marcher,
ma mère me conduisit _ elle même dans
mon appartement : lorsque nous fûmes
seules, elle me demanda avec inquié-

tude ; que signifie cette scène, Marie ?

Oh ! ma mère, lui repondis - je en cachant mon visage contre son sein.... Fédor.... n'avez - vous pas vu comme il me regardait ? N'avez - vous pas entendu comme il m'appelait sa chère Marie ! Noble Dolgorouki, oui je t'aime. Je voulus embrasser maman, mais elle me repoussa avec douceur, elle me fit asseoir près d'elle, et me dit d'un ton plein de bonté ; je me flatte, ma fille, que tu ne sais pas ce que tu dis dans ce moment; recueille tes esprits, calme toi, tu sentiras bientôt que la fille de Menzikof ne peut aimer un Dol. gorouki.

Je sentis que je rougissais, et cette fois bon gré malgré je baisai la main de la meilleure des mères ; je gardai le silence. — Eh bien ! ma fille, tu ne reponds pas. — Ah ! maman, je ne l'ose

pas ; je sais que vous n'admettez aucun genre d'exaltation, pas même celle
de la vertu ; vous voulez de la reflexion, un choix raisonné de ce qui est
bien, une résolution prise de sang
froid, vous ne voulez de l'enthousiasme que pour l'exécution.

— Il est vrai, ma fille. — Eh bien,
ma chère maman, dis-je avec le ton
le plus calme qu'il me fut possible de
prendre, j'aime le jeune Dolgorouki,
et il m'aime ; je n'aurai jamais un sentiment, une pensée que je cache à
ma mère.

Elle soupira ! mon enfant, me dit-
elle, qu'est-ce que tu appelles aimer ?
L'impulsion momentanée de ton cœur
aimant et confiant dans un moment
où tu n'étais pas sur tes gardes, une
illusion qu'une rencontre fortuite avec
un jeune homme aimable a produite,

une surprise en le retrouvant au milieu
d'une fête, de l'émotion en dansant
avec lui. Reviens à toi, Marie, rai-
sonne un instant ce sentiment si rapide, et tu verras te dis-je, que c'est
une illusion de ton cœur.

— Une illusion ! chère maman,
oh ! non, non, ce n'en est pas une.
Sur quoi pourrait-on compter dans
la vie si une illusion pouvait produire
un sentiment aussi vif, aussi profond
que celui que j'éprouve ? Je serais
bien fâchée que ce fut une illusion,
j'aurais alors bien mauvaise opinion
de moi-même, et je sens au contraire
que ce sentiment qui pénètre mon ame
l'élève et la purifie. Sans doute, je
m'étonne de sa promptitude; mais, maman, si c'était une sympathie, un
ordre du ciel, si Fédor et Marie étaient
prédestinés....

Elle m'interrompit en me donnant
un baiser; pauvre enfant, c'est bien
cette idée qui est une illusion. Mais, ...
soit, je veux croire à la réalité de
ton amour. Mais le sien, Marie, comment sais-tu qu'il t'aime aussi? que
t'a-t-il dit? Si un Dolgorouki a pu faire
un aveu à la fille de Menzikof dès les
premiers momens d'une aussi légère
connaissance, il n'est en vérité pas
digne de t'inspirer de l'amour. Je lui
racontai tranquillement ce que je lui
avais dit, sa réponse si froide en
apparence et qui peignait si bien son
trouble, et enfin ce mot qui rétentit
encore dans mon cœur, *Marie, chère
Marie.* — Eh bien! petite insensée, dit
maman en souriant, tu te crois donc
adorée parce qu'on te répond froidement, et qu'on t'appelle *chère Marie.*
— Ah! maman, ce ne sont pas les

mots , mais le ton dont ils ont été pro.
noncés , mais le regard qui les accom.
pagnait , mais mon cœur qui me dit
que je suis aimée.

— Attends du moins de voir ce
qu'il fera. Je veux bien convenir avec
toi que le prince Fédor est très-in.
téressant..... Mais ton nom seul, Ma.
rie , lui dira ce qu'il doit faire.

— Me haïr , peut-être , n'est-ce pas,
maman ? un Dolgorouki ne doit éprou.
ver que de la haine pour quelqu'un
qui se nomme Menzikof ?

—Non , Marie, pourquoi de la haine
mais il doit réfléchir que tu ne peux
jamais être à lui.

— Et moi aussi , maman , je dois le
penser..... Je le pense.... et cependant
je l'aime.

Eh bien , cet amour sans espoir s'é.
vanouira bientôt , mon enfant.

S'évanouir ! c'est ce qui arriverait sans doute, maman, si ce n'était qu'une illusion, *un amour sans espoir*. Je ne sais pas, chère maman pourquoi aujourd'hui pour la première fois de ma vie je ne vous comprends pas ; de quel espoir parlez-vous ? Il est vrai que jamais peut-être un prêtre n'unira nos mains, que je ne serai jamais sa femme ; mais aucun Menzikof, aucun Dolgorouki, ne m'empêchera d'être éternellement à lui par le cœur, de ne vivre que pour lui, de ne penser qu'à lui, d'être unie au moins à lui dans le tombeau. Ne m'avez-vous pas dit souvent, bonne maman, que le torrent de la haine se perd dans les sables du tombeau, et que l'amour seul est immortel, oh ! maman, vous me l'avez dit et je le sens ! oui mon amour est immortel comme mon ame.

Ma mère était embarrassée, elle ne pouvait nier ce qu'elle m'avait dit tant de fois ; ce que tu me disais toi-même, ma chère Sophie. Après un moment de silence elle m'attaqua d'une autre manière.

Eh bien, Marie, je veux que ton amour soit réel, au moins est-il encore à sa naissance ; avec un peu d'efforts et d'énergie tu peux le surmonter, tu pourras encore être heureuse, et par un autre choix.

— Avec un autre que Fédor ! Heureuse avec un autre ! ah, maman, si je pouvais le croire, l'espérer, l'essayer, que je serais coupable de vous affliger dans ce moment ! Mais je connais votre cœur maternel, il souffrirait bien plus encore de me savoir malheureuse et criminelle, et je deviendrais tous les deux si jamais je promettais

à Dieu

à Dieu d'en aimer un autre. Mais, chère maman..... je crois que nous ne nous comprenons pas. J'aime Fédor, c'est tout ce que je sais à présent : l'avenir est enveloppé dans une nuit obscure que je ne puis, que je ne desire pas de percer ; mais ne croyez pas que pour être heureuse je puisse cesser d'être votre fille , et braver l'autorité paternelle ; que mon père haïsse tous les Dolgorouki, je ne me permettrai que d'en adorer un en silence, et d'adresser au Dieu de paix des vœux ardens pour que cette haine cruelle cesse ; oh ! si au prix de tout le bonheur de ma vie, si au prix de ma vie même elle pouvait cesser, avec quelle joie je prendrais le voile, ou j'entrerais dans mon tombeau. Maman je n'ai aucun espoir de m'unir jamais sur cette terre à Fédor ; mais j'ai là,

Tome I.   D

dis-je en touchant mon cœur, la certitude de l'aimer éternellement, et de
n'être jamais à un autre.

Est-ce là ta ferme résolution, me
demanda-t-elle très-sérieusement?

C'est ma ferme, mon inébranlable
résolution, ma chère maman. Alors
elle me pressa sur son sein et m'i-
nonda de ses larmes : aime-le donc ce
bon jeune homme, aime le, Marie, je
crois qu'il t'aime aussi, ses regards et
ses larmes me l'ont dit déja dans la
forêt. Puis-je méconnaître la voix du
ciel dans un coup de sympathie aussi
prompt, aussi vif, dans ce sentiment
qui s'est emparé de vos cœurs. Je
viens de te parler en mère ; à présent,
Marie, je ne suis plus que ton amie et
ta confidente ; aime Fédor puisque c'est
ta destinée, et puisse ce Dieu tout bon,
tout puissant, qui veut votre amour,

puisse-t-il le bénir, puisse-t-il, chère Marie, te rendre plus heureuse que ta mère.

Nous nous embrassâmes avec une tendresse que toi seule peux comprendre; le consentement de ma mère versait un baume délicieux dans mon cœur, mais ses dernières paroles l'ont de nouveau déchiré... Elle n'a donc jamais été heureuse! elle, la meilleure des femmes!... Cependant elle chérit mon père, mais cet attachement devient un suplice par ses inquiétudes continuelles sur le sort de son époux, par la crainte des malheurs dont il a déja si souvent été menacé, par l'angoisse que lui donne cette ambition insatiable. Voilà le chagrin dévorant qui pèse sur le cœur de ma pauvre mère..... Un chagrin, Sophie, je devrais plutôt dire un désespoir qui nous suit partout comme un spectre menaçant.... Mon père!.... Oh! mon

D 2

Dieu, voyez les larmes de sa femme,
de sa vertueuse compagne, et de ses
innocens enfans ! Inspirez-lui un répentir salutaire, infligez à sa fille ainée,
à la pauvre Marie, la punition dont il a
besoin peut-être pour expier..... Chère
Sophie, je viens de me prosterner devant Dieu, et d'arroser la terre de mes
larmes ; puisse le ciel exaucer mes
prières, puisse mon père renoncer à
cette fatale ambition qui lui coute si
cher ! Oh ! s'il savait quelles larmes
amères et brûlantes coulent du fond de
l'ame déchirée de ma pauvre mère, sur
sa grandeur....... Sophie ! tu connais
tous les secrets de notre famille, ma
mère n'a rien de caché pour toi.... peut-
être dans toute l'étendue de ce vaste
empire, personne ne verse des larmes
aussi douloureuses que celles qui coulent sous les lambris dorés de notre

palais. Adieu, ma Sophie, je vais encore me prosterner devant l'Eternel et le prier, et toi, bonne Sophie, prie aussi pour nous. Adieu.

J'ai quitté ma plume, chère Sophie, dans un moment où ma main tremblante et mes yeux pleins de larmes, ne pouvaient faire autre chose que de s'élever au ciel; plus calme après ma prière je reviens à toi. Ma mère me quitta en finissant l'entretien que je t'ai raconté; le lendemain, en déjeûnant seule avec elle, *elle me parut* moins confiante que la veille, *elle* cherchait à me persuader que je n'étais pas aimée de Fédor, et que c'était une folie de prendre pour l'aveu de son amour, le mot d'amitié qui lui était échappé avec moi. Elle avait appris que dès le lendemain du bal il était parti pour sa campagne : s'il t'aimait, *Marie*, me disait-elle, s'éloi-

gnerait-il de toi au moment où il t'a
retrouvée. Je ne répondis rien et soupirai profondément : pendant qu'elle me
parlait encore de l'indifférence de Fédor, on lui apporta une lettre, elle la
lut avec l'embarras le plus marqué, la
relut encore avec attendrissement, et
s'interrompit pour essuyer ses larmes;
elle la reprit, la parcourut encore et
me la remit enfin, en me disant avec
un doux sourire : tiens, lis, Marie, je
veux faire battre de joie un cœur dans
ce sallon où l'on étouffe tant de soupirs
douloureux. Je pris la lettre et regardai d'abord la signature.... c'était...
Fédor Dolgorouki : ah ! maman, dis-je,
en serrant la lettre contre mon cœur.
— Je fus quelque tems sans pouvoir la
lire à force d'émotion.... Chère Sophie,
c'est à ma mère que Fédor avouait son
amour éternel et invincible pour l'heu-

reuse Marie; il la fait l'arbitre de sa
destinée, il lui parle des obstacles que
l'inimitié de nos familles pourrait
mettre à notre bonheur; mais il ma-
nifeste le desir, plutôt que l'espoir,
que notre union pût metre fin aux dis-
sentions qui divisent les deux premières
maisons de l'Empire : il finit en disant :
« j'adore Marie, je vous chéris et
» vous respecte vous sa bonne mère,
» et je suis décidé à vous obéir dans
» tout ce que le bonheur et la tranquil-
» lité *de votre fille* exigeront de moi;
» fut-ce même de renfermer mon amour
» dans mon cœur, et de mourir en
» silence. Marie est votre fille, vous
» êtes pour moi l'image de la di-
» vinité, et j'obéirai sans murmurer.
» Cependant, j'ose vous dire (pardon-
» nez-moi cet orgueil) que je me crois
» digne d'être votre fils. Oserais-je in-

» terprêter vos bontés pour l'inconnu
» de la forêt, et les regards de Marie,
» et vos paroles, et les siennes. — Oh!
» décidez mon sort et le sien. ".

Dans quel état singulier j'étais en
lisant cette lettre ! J'éprouvais un mé-
lange inconcevable de bonheur et d'angoisse ; mon cœur palpitait violemment,
et cependant j'étais calme. Je repliai
la lettre et la rendis à ma mère sans
pouvoir dire un mot, et je me levai
pour la laisser seule : elle m'arrêta par
un regard et me dit d'un ton très-
sérieux ; je vais lui répondre tout de
suite. — C'est pour cela que je sors,
chère maman. — N'as-tu donc rien à
me dire ? — Non, maman, plus rien,
*c'est à vous à décider de son sort
et du mien.* — Et ma décision, Marie, sera-t-elle aussi la tienne ? Oh!
bien sûrement, dis-je en posant la

main sur son cœur. Elle me regarda
fixement ; et si je vous ordonnais
d'étouffer votre amour ? — De le renfermer, ma mère.... oui, j'obéirai, mais
je....., Non, non ! m'écriai-je en me
précipitant dans ses bras, non je ne
mourrais pas, je garderais le silence,
je souffrirais ; mais je vivrais pour mon
excellente mère. Maman, dites que
vous aimez votre Marie.

— Oui, mon enfant, oui, je t'aime,
et j'admire ton courage ; mais moi aussi
je connais mon devoir, et je saurai
le remplir. Dieu nous donne de la force
à toutes les deux, et elle m'embrassa.

Elle ne me parla plus du tout de
Fédor, jusqu'au jour de la fête de l'Impératrice, qu'on a célébrée avec toute
la pompe imaginable. En entrant dans
le grand sallon, mes yeux ne cher-
chaient que lui. — Sophie, il n'y était

pas! tous les Dolgorouki y étaient, il
ne manquait que lui. Je m'étais placée
vis-à-vis de la porte, et dès qu'elle
s'ouvrait, mes regards s'y portaient avec
impatience; distraite, triste, occupée,
il fallut danser cependant. Oh! Sophie,
quelle est pénible cette vie de contrainte
et de gêne continuelle; que l'ambitieux
est à plaindre ! Mais l'esclave de l'amour
l'est-il moins ? Je suis sûre que j'ai
bien plus souffert en attendant toujours
Fédor en vain, qu'un courtisan ne souf-
fre en attendant inutilement un regard
de sa souveraine. Je m'approchai des
Dolgorouki, j'étais surprise de ce qu'ils
pouvaient parler d'autre chose que de
l'absence de Fédor : l'Impératrice termina la fête en faisant présent à mon
père d'une terre considérable dans
l'Ukraine, et de la ville de Baturin.

ut le monde vint me féliciter, et je

ne pouvais comprendre pourquoi : hélas !
dans le moment où la fortune de mon
père augmentait si considérablement,
je me trouvais si pauvre ; Fédor n'était
pas là ! Ah ! ce n'est pas des terres, des
richesses que je demande à l'Impératrice, un mot, un seul mot de sa bouche pourrait me rendre si heureuse !
Si elle lisait dans mon cœur ; mais ces
dieux de la terre savent-ils si leurs
sujets ont un cœur ? L'Impératrice a
enrichi tant de personnes, en a élevé
tant d'autres ; mais a-t-elle su faire
des heureux ? Ah ! ce n'est pas même
mon père qu'elle comble de biens,
et qui n'a pas un instant de tranquillité ; et ma pauvre mère !.... Toutes ces
réflexions m'attristèrent, il me semblait être seule, isolée au monde, au
milieu d'inutiles monceaux d'or.—Quelqu'un, je ne sais qui, vint me féliciter

d'un air humilié, de la grandeur de
mon père; je lui répondis par des larmes; il me regarda avec surprise, il
ne savait pas que j'aurais donné ces
terres, cette ville, le monde entier si
je l'avais eu, pour un seul regard de
Fédor.

Maman se retira de très-bonne heure; elle m'emmena dans son appartement : l'Impératrice a rendu ton père
bien heureux aujourd'hui, me dit-elle,
voyons si je n'aurai pas plus de pouvoir qu'elle pour répandre aussi le
bonheur. Elle ouvrit la porte de son
cabinet, et j'en vis sortir Fédor. Ah!
Sophie, quelle mère le ciel m'a donnée!

Déja une fois, prince, je vous ai
nommé mon fils, lui dit ma mère, aujourd'hui je vous donne encore ce nom
si doux, oh! mon fils. Il se jeta à genoux devant elle; et moi aussi je tom-

bai à ses pieds; elle posa sa main maternelle sur nos fronts et nous dit du
ton le plus touché, que le ciel vous
bénisse, mes chers enfans, comme
vous bénit votre mère. Fédor, Marie
vous aime, je vous donne tout ce qui
est en mon pouvoir, mon aveu, ma
bénédiction, mes vœux ardens pour
votre bonheur. Peut-être suis-je une
mère trop faible, mais je me fie à votre
vertu, et mon cœur a besoin de votre
bonheur. Levez-vous, mes enfans; elle
posa ma main dans celle de Fédor, en
ajoutant; j'approuve votre amour, je
desire votre union, Marie sera votre
amie, vous serez le génie protecteur
de sa vertu..... Mais pourrez-vous jamais être unis? Le ciel veuille vous
accorder un avenir plus heureux.

Plus heureux, nous écriâmes-nous
tous les deux à la fois, c'est impossi-

ble! — Non, dit Fédor, non pas même
dans les bras de Marie, je ne crois pas
que je puisse être plus heureux que
je ne le suis dans ce moment. — Peut-
être, dit ma mère, mais je crains que
vous n'en ayez de bien malheureux ! Il
peut venir un jour où tu serais forcée,
Marie, de donner ta main à un autre
homme ; où , vous-même , Fédor,
vous seriez obligé.....

Obligé! moi! dit-il , avec véhémence, et passant tout-à-coup son bras
autour de moi, il m'attira contre lui,
posa sa bouche sur mes lèvres , et dit
ensuite avec un ton solemnel : Marie,
en présence de ta mère et du ciel, reçois
ce baiser pour gage de ma constance
éternelle ; c'est le premier baiser de
l'amour , de l'amour le plus saint et le
plus pur; mon sort est à présent lié
pour jamais au tien. *M'obliger ! On*

peut me tuer sans doute, mais non pas m'obliger à donner ma main sans mon cœur.

Prince, dit ma mère avec une nuance de sévérité, vous manquez à votre parole, à la promesse que vous m'avez faite. — Non, non, ma mère, répondit-il, je vous ai promis de la voir passer en silence entre les bras d'un époux, si votre bonheur et la tranquillité de Marie l'exigeaient; mais je ne me suis engagé à rien de plus. Elle peut-être liée par d'autres devoirs que moi, elle a reçu mes sermens, je n'en demande point d'elle et jamais.......

Je l'interrompis, mon cœur a dévancé les tiens, Fédor, et je saurai t'imiter. Vous allez quitter Pétersbourg, dit ma mère; vous ne reverrez plus ma fille que de mon aveu, vous re-

cevrez quelquefois de ses lettres. Où
irez-vous, Fédor ? — A ma maison de
campagne près de Pozeck, sur les bords
de la Néva, répondit-il. Adieu, mon fils,
dit ma mère, et il se jeta en soupirant
dans ses bras. Fédor, Marie, ce fut
tout ce que nous pûmes nous dire.
Je le vis partir avec calme et j'allai
me renfermer dans mon cabinet pour
lui écrire. O ma bonne Sophie! à Pozeck,
il sera si près de toi, ne veux-tu
pas faire la connaissance de l'ami de
ta Marie.

(On supprime ici plusieurs lettres de
Fédor et de Marie, antérieures à celle
qui suit, et qui ne contiennent que des
témoignages répétés de leur amour,
sans aucun événement).

LETTRE IV.

Marie à Fédor.

Pétersbourg ... Décembre 1725.

Non, mon chèr Fedor, non, nous ne sommes pas séparés, puisque mes pensées peuvent t'atteindre, puisque les tiennes arrivent jusqu'à moi. Mon ame est continuellement à Pozeck, la tienne est à Pétersbourg, et cependant toujours elles sont ensemble ; je ne sais même si nous ne gagnons pas quelque chose à cette séparation. J'aurai de la peine peut-être à t'en faire convenir ; cependant, mon ami, ton plus grand bonheur n'est-il pas de lire dans le cœur de ta Marie, d'en pénétrer tous les replis, de savoir

combien elle t'aime, et comme ton
amour la rend heureuse. Eh bien,
Fédor, si tu était là au lieu de ce
papier sur lequel j'ai tant de plaisir
à tracer toutes mes pensées, je ne
pourrois pas peut-être t'en exprimer
une seule ; ta voix, ton regard, ta
main qui a pressé la mienne, quoique
si présens à ma mémoire ne me troublent pas ; j'y pense au contraire avec
un calme délicieux ; il me semble qu'à
cette distance tu m'appartiens davantage. Je ne vois pas d'autres yeux
regarder mon Fédor, je ne suis pas
obligée de baisser les miens pour éviter le feu de ses regards, je les lève
au contraire avec assurance et bonheur,
et je salue avec un deux sourire l'aimable figure que mon imagination
me représente, comme si elle était
réellement devant moi. Oui, mon cher

Fédor, il me semble encore te voir tel que je t'ai vu dans cette heure bienheureuse passée aux pieds ou dans les bras de la meilleure des mères, je sens ta main serrer la mienne, j'entends ta voix répéter, *Marie, chère Marie*, je vois ce regard si vif, si tendre, je te suis des yeux dans cet appartement que tu traversas pour t'en aller, pour t'éloigner de ton amie; ah! oui, nous sommes séparés, je le sens en ce moment..... je sens que la plus longue lettre ne vaut pas un seul regard. Adieu, bonne nuit.

Cette nuit après t'avoir quitté je ne pouvais m'endormir; sais-tu de quoi je m'occupais, Fédor? Je repassais en idée toute l'histoire de ma jeunesse, et je voulais te l'écrire pour que tu me connusses depuis que j'ai com-

mencé à penser ; mais il me semble
à présent que c'est seulement dans le
hangard des bucherons de la forêt ;
au delà de ce moment je ne trouve
plus rien que je puisse me rappeler et
qui vaille la peine de te dire. Je te
racontai cette nuit là , comment ma
bonne maman m'avait élevée , comment elle m'aimait ; tu me parlas de
ta mère , de celle de ton ami, de
cet ami. Nous connaissons nos cœurs,
Fédor , et les objets de nos affections ;
nous savons que nous nous aimons,
que nous nous aimerons de même
toute notre vie, qu'avons-nous besoin
de savoir autre chose ? Maman me
dit que l'amour est insatiable, qu'il
voudrait toujours au-dela de ce qu'on
lui donne ; je crois qu'elle se trompe,
je trouve au contraire qu'il se contente
de peu, de bien peu.

Il faut pourtant que tu connaisses encore un de mes objets d'attachement dont je me reproche de ne t'avoir pas parlé, c'est une amie, une seconde mère; elle est près de toi, car elle vit à Ronnebourg, cette terre de mon père qui touche à Pozeck, d'où nous venions quand je t'ai rencontré. Ma Sophie est une Suisse du Pays-de-Vaud, qui se nomme madame Rocales; elle ma élevée de concert avec maman, et je l'aime comme si j'étais sa fille. Vas la voir, Fédor, elle m'aime aussi, tu seras entendu quand tu parleras de Marie. Ah! quand mon père n'aurait fait autre chose pour moi que de confier mon éducation à cette excellente femme, je lui devrais une reconnaissance éternelle; elle est la dépositaire de tous nos secrets; sans son amitié, sans ses douces consolations, je suis

convaincue qu'il y a longtems que ma
pauvre mère aurait succombé aux cha-
grins , aux angoisses qui l'accablent.
Mon père lui-même , l'aime et l'estime,
il a plus de confiance en elle qu'en
tout autre personne au monde..... Vas
la voir, Fédor , je t'en prie.

Je t'envoye cette lettre par un courier pour avoir plutôt ta réponse,
adieu, toi l'ami de mon cœur.

LETTRE V.

Marie à Fédor.

Pétersbourg... Janv. 1725.

Ah ! que ne suis-je encore à mon cher Ronnebourg, *cher* surtout à présent puisqu'il est près de Pozeck ; je préférerais mille fois la solitude de Ronnebourg à ma vie actuelle. Sophie qui connaît bien les hommes me disait souvent que les plaisirs, les distractions du grand monde, même ses folies, prennent insensiblement de l'ascendant sur la tête la plus solide et sur le cœur le plus sensible ; on s'accoutume à cette vie oisive, dissipée ; un plaisir en amène un autre, et sans autre intérêt que celui de la curiosité,

sans autre but que de faire comme
ceux avec qui l'on vit, on se laisse
entraîner et l'on se fait à vivre ainsi
au milieu des dangers du monde,
comme le matelot à dormir au dessus du mât. Sans toi, mon cher Fédor,
je suis convaincue que cela me serait
arrivé; j'en vois l'effet sur ma sœur,
qui n'a pas comme moi un Fédor
pour remplir son ame et qui s'occupe
toute la journée de ces vains plaisirs;
et moi-même, moi qui ne peux penser
qu'à toi, qui ne puis m'occuper que
de toi, ne suis-je pas forcée de la
suivre dans cet insipide tourbillon qui
me devient chaque jour plus insupportable. J'ai conjuré ma mère de
hâter notre départ; mais elle doute
que mon père nous permette de quitter sitôt Pétersbourg ; cette bonne
mère, elle paraît plus inquiète sur

mon

mon sort ; moi je ne le suis pas, Fédor,
tu es à moi , et nous sommes unis
à jamais. Qu'importe que ce soit
dans le tombeau, ou que nous traver-
sions ensemble la vie pour y arriver
un peu plus tard ? C'est cette pensée
qui me donne du courage pour supporter tous les maux qui m'attendent ;
n'ai-je pas déja été assez heureuse,
et toi aussi, Fédor. Ce moment où
en dansant avec toi tu m'appellas *ta*
chère Marie , celui où ma mère posa
la main sur nos fronts , en nous disant, aimez-vous mes enfans ; combien de longues vies n'ont pas eu le
bonheur de ces deux moméns ? Oui ,
Fédor, nous nous aimons ; que nous
dirions-nous de plus que ces trois
mots après la plus longue existence ?

Il me semble quelquefois que je
suis sur le bord du cratère d'un vol-

éan ; ou sur un terrein agité par
un tremblement de terre. Mon père
a beaucoup de flatteurs ; mais aussi
beaucoup d'ennemis qui dans sa chûte le traiteraient sans ménagement,
précisément parce qu'ils l'ont flatté
dans le tems de sa faveur. Sophie
me disait un jour cette grande et
triste vérité ; on se venge d'un favori disgracié, moins pour ses torts,
pour sa hauteur, qu'à cause de la
bassesse et des adulations qu'on lui a
prodiguées ; le courtisan le plus bas
devient alors l'ennemi le plus implacable. L'Impératrice paraît, il est vrai,
aimer beaucoup mon père et ne voir
que par ses yeux ; mais le dix de ce
mois la Duchesse de Courlande doit
venir exprès pour porter une accusa-
tion contre lui, et il avoue lui-même
qu'il a mérité sa haine. Mon oncle,

le comte Devier, doit-être nommé commissaire impérial pour examiner cette affaire; on n'aurait pu choisir un ennemi plus acharné de mon père que son beau-frère. C'est ma mère qui lui apprit que le comte serait un de ses juges, elle saisit cette occasion pour le conjurer de se réconcilier avec l'époux de sa sœur..... Tu l'aimais jadis cette sœur, lui dit-elle doucement.— Oui, dans notre enfance, répondit-il avec un regard sombre, mais je m'en corrigeai et c'est parce que je l'ai aimée que nous ne pouvons plus être que des ennemis irréconciliables; son mari est le seul être au monde que je haïsse..... lui..... ou moi..... Et si c'était toi, interrompit ma mère, ne regretterais-tu pas de n'avoir pas suivi mes conseils. Mon père répondit par un sourire ironique ; comment pouvait-il sourire ?

On a donné beaucoup de fêtes à la cour et chez mon père, une seule a été véritablement une fête pour ta Marie, nous l'avons célébrée ma mère, ma sœur et moi. L'impôt de la taille a été diminué sur la demande de mon père, oh ! Fédor, tu ne t'imagines pas avec quel sentiment pénible je traverse les rues de Pétersbourg dans notre somptueux équipage, il me semble que je devrais en demander pardon à chaque pauvre que je rencontre, mais ce jour là je traversai la ville la tête levée avec une noble fierté ; la joie était générale, le nom de Menzikof était répété avec des bénédictions ; ah ! puissent-elles monter au ciel et l'appaiser. S'il n'y avait que les grands qui eussent de la haine contre mon

père, si le peuple l'aimait, je me ré-
signerais facilement à tout ce que le
sort nous prépare de cruel. Si le jour
dont je te parle, il avait été disgracié et envoyé en Sibérie accompagné
des bénédictions du peuple, son exil
aurait été un triomphe, mais ce peuple, mais ce même peuple oubliera
bientôt ce qu'il lui doit, et le mau-
dira à la première occasion où il se
croira vexé, où le faste de notre maison blessera ses regards. Fédor, c'est
surtout dans les jours de fête, c'est
quand notre palais est resplendissant
de lumière, et nos habits de diamans,
c'est alors que mon père jouit le plus
de sa grandeur et de sa supériorité,
que je voudrais me cacher à tous les
yeux.

Fédor, serait-il vrai?..... il y a quelques minutes que mon père disait, en

E 3

dînant, que tu allais partir pour la
Perse avec ton père. Non, cela n'est
pas possible, préférerais-tu une vaine
gloire à ta Marie ? Je me sentais pâlir lorsque mon père prononça ton
nom...... Ce n'est pas pour ta vie que
je tremble, Fédor, je suis si sûre de
ne pas te survivre un instant ; et que
pouvons-nous desirer de plus que de
mourir ensemble, ne serait-ce pas le
jour de notre réunion éternelle? mais
je suis tous les jours plus convaincue
que le bonheur sur cette terre ne peut
se trouver que dans la retraite, dans
le repos d'une vie simple et unie ; c'est
aussi ce que tu me dis dans toutes
tes lettres ; et pourrais-tu quitter cette
vie pour le tumulte des camps ; t'é-
loigner autant de ta pauvre Marie ?
Oh ! mon ami, tranquillise-moi ; je
vais tout de suite faire partir un courier pour Pozeck.

LETTRE VI.

Fédor à Marie.

De Pozeck Janvier . . . 1726.

Sois tranquille, chère Marie, je ne
vais pas en Perse ; mon père le desirait en effet, il arriva un jour inopi-
nément à Pozeck, je le vis entrer dans
ma chambre avec mon oncle le maréchal : Que fais-tu ici Fédor ? me
demanda-t-il ; je ne te comprends pas.
Je fais, lui dis-je, avec le ton de la
plaisanterie, ce que vous espérez
aussi faire un jour ; je jouis de la vie.
— Fédor, je n'aime pas qu'un jeune
homme n'ait point d'ambition ; tu as
débuté à la cour d'une manière brillante, comme si tu voulais nous dé-

vancer tous dans cette carrière, et tu te caches à présent dans une retraite obscure..... qu'elle honte ! ne veux-tu donc parvenir à rien ?

Je ne veux être, mon père, que ce que je suis déja, votre fils, le neveu de cet homme respectable, un Dolgorouki; je n'aime pas la carrière de la cour à laquelle vous me destinez.... Les malheurs de ma famille m'effraient.

— Tant mieux, Fédor; je n'aime pas plus que toi de te voir mener l'inutile vie d'un courtisan. Je vais commander l'armée en Perse, et tu m'y accompagneras avec le grade de capitaine.

Marie, je te l'avoue, je sentis mon cœur s'animer à l'idée de cueillir de nouveaux lauriers; la gloire m'appellait, mais l'amour me retenait, et bientôt il l'emporta : Non, mon père, je n'irai pas en Perse; dans la dernière campagne j'ai donné des preuves de valeur, et cela suffit. Mon père, la journée glorieuse qui vous fit avancer au grade de général en chef, ne vous honora-t-elle pas davantage que vos titres et vos charges à la cour ?.... Un Dolgorouki veut être heureux, s'il est possible, en dépit de l'ambition qui a rendu malheureux tous les autres.

Quoique le maréchal aime avec passion l'état militaire, il fut cependant pour moi, et prit vivement mon parti contre mon père qui s'échauffait toujours davantage. — Tu liras toujours dans mon cœur, Marie, il m'en coûtait de résister à l'autorité paternelle avec autant de fermeté, mais il fallait absolument la prouver cette fermeté dont j'aurai besoin un jour pour assurer notre bonheur. Je prévois le

E 5

moment où je devrai braver la colère de
toute ma famille , ils haïssent tous ton
père , *sa perte ou la nôtre* , voilà la
dévise de tous les Dolgorouki ; lequel
des deux qui succombe , je sais que
pour unir mon sort à celui de la fille
de Menzikof je n'aurai à opposer au
courroux de toute ma famille que la
volonté la plus décidée, et l'énergie que
doit me donner l'amour. Résolu donc
à ne pas céder , je répétai avec le plus
grand sang froid ; je ne veux pas
aller en Perse.—Pourquoi? reprit mon
pere , il le faut , je le veux , et l'honneur de votre nom vous l'ordonne
ainsi que moi. Alléguez au moins vos
motifs de refus.

—Parce que je veux vivre , et vivre
suivant mes goûts , heureux et tranquille.

—Tu veux vivre , lâche ! ....,

misérable ! serait-ce la cause de tes honteux refus ?

Je souris; pardonne un mouvement d'orgueil à ton ami, Marie, je me rappellais ce moment où m'élançant à la tête de quelques braves dragons au milieu des Tartares, les mettant en fuite, les poursuivant jusques dans leur capitale, j'avais compté pour rien ma vie, mais alors il est vrai je n'existais que pour moi seul, ma vie n'était pas liée à celle d'un ange.... Je gardai le silence, mais mon oncle parla pour moi : Lukisch, dit-il, d'un ton indigné, as-tu donc oublié que l'on doit à ce lâche la conquête du Dagestan.

— Qu'il vienne donc la conserver cette conquête.

— Mon père, dis-je alors avec di_gnité, mon parti est pris irrévoca_blement; j'ai fait aussi dans cette jour-

E 6

née que mon oncle vous rappelle, la conquête de mon indépendance, et c'est celle là que je veux conserver. Je n'aime pas cette carrière glissante, agitée, marquée par des traces de sang, dans laquelle vous voudriez me lancer; mon sort me destine à une vie retirée et paisible. Mon propre bonheur est aussi important pour moi que le peut l'être pour l'Impératrice le succès de cette guerre. Vous croiriez - vous un lâche parce que vous éviteriez un chien enragé, ou que vous vous détournerez d'un bâtiment qui tombe et menace de vous écraser ?

— Je n'ai plus qu'un mot à te dire, Fédor, ta souveraine t'ordonne d'aller en Perse.

— C'est aussi pour cela que je n'y irai pas, mon père. L'Impératrice peut m'envoyer en Sibérie, mais elle ne pourra pas me forcer d'aller en Perse.

Mon calme surprenait mon père,
et lui en donna à lui-même : Quel plan
de vie as-tu donc formé, Fédor ? me
dit-il plus doucement.

— Celui de n'appartenir qu'à moi
seul, de n'obéir qu'à ma conscience,
de ne pas ramper quand je puis marcher tête levée ; de ne règler ni ma
haine ni mon amitié sur l'opinion des
autres ; d'aimer ce qui mérite d'être
aimé, et d'avouer hautement ce que
j'aime. Avant que de rentrer dans ma
patrie j'étais décidé de maintenir mon
indépendance dans le pays du déspo-
tisme, et d'être heureux à ma manière;
pour cela sans doute il fallait commencer par payer de sa personne, je
l'ai fait ; échappé au fer des Tartares
je n'irai pas me mettre sous l'esclavage
de l'ambition ; c'est alors, à mon avis

que je serais un lâche , et non pas en
suivant la route que mon cœur me
dicte et que ma conscience approuve.
Je ne suis pas fait pour celle de l'ambition , pour cette route où il faut
renverser pour n'être pas renversé soi-
même ; où il faut haïr ceux qu'on voudrait aimer.

Dieu soit béni ! j'ai un autre fils,
s'écria mon père avec colère..... Eh
bien , Fédor , végéte donc dans une
obscure pauvreté , puisque tu méprises
l'éclat et la richesse ; ton frère seul
sera mon héritier. Reste ici , je te
donne Pozeck , c'est tout ce que tu
posséderas de mes biens..... et que je
ne te revoie jamais......

Mon oncle alors voulut essayer
aussi de me convertir , mais je lui op-
posai avec tendresse et respect ma
ferme volonté. Enfin ils me quittèrent;

et je ne vais pas en Perse et je
n'appartiens plus qu'à l'amour et à
Marie.

Et toi aussi, Marie, il faut que
tu te détaches de tous les liens de
l'ambition ; nous sommes maintenant
à la porte d'un avenir obscur qui va
s'ouvrir devant nous et où nous de-
vons entrer avec persévérance et courage. Notre amour naquit aux doux
rayons du bonheur, il fut au premier
instant ce qu'il sera toute notre vie,
et sa durée seule peut excuser sa
promptitude. Il sera assez fort, assez
puissant pour braver et soutenir l'o_
rage qui menace de l'envelopper. Et
que te fait à toi, ame si douce et si
pure, que te fait la rivalité de nos
familles? Je ne suis pour toi que Fédor,
et non pas un Dolgorouki ; tu n'es
pour moi que Marie, et non pas une

Menzikof. Et lors même que je ne
t'aurais pas rencontrée, aucun pouvoir
humain n'aurait pu me faire dévier
du sentier d'une vie toute simple sans
intrigue, sans vice, sans haine, et
sans crime. Au milieu de la haine de
ces ames remplies de fiel, je serais
devenu leur victime, et s'ils avaient
voulu me faire l'instrument de leurs
perfidies, j'aurais défendu au prix de
ma propre vie, la vie qu'ils auraient
attaquée. Non, je ne suis pas fait
pour vivre avec eux, je ne leur conviens pas mieux qu'ils ne me convien-
nent..... Ta Sophie, Marie, que je
vois tous les jours, me confirme dans
ces principes que la mère de mon ami
Gustave m'a donnés; elle nous a élevés son fils et moi pour un monde
bien différent de celui-ci, et bien
meilleur; elle nous a inspiré le vrai

courage, celui de vivre uniquement
pour la vertu et de lui tout sacrifier.
Accoutume-toi, chère Marie à supporter les malheurs que tu ne te seras
pas attirés, avec force et dignité ; lors
même que la grandeur de ton père
ne serait pas ébranlée, elle est tout
aussi dangereuse pour ton bonheur que
sa chûte. Nous n'avons d'autre espoir
que nos cœurs , notre amour et la bénédiction de ta mère. Je voudrais
pouvoir dire à cette excellente mère ,
à ta Sophie , à toi , à ta sœur : fuyons
ensemble avant que les fautes et les
malheurs d'autrui retombent sur nous ,
et je sais bien où nous pourrions fuir.....

Le neuf de ce mois on a célébré
à Pétersbourg l'anniversaire de ta naissance, avec une magnificence digne
de la fille du favori de l'Impératrice :

mon cousin Ivan m'écrit qu'un diadême éblouissant de pierreries ceignait
tes beaux cheveux, et qu'une robe de
drap d'or entourait ta taille charmante;
tu avais, dit-il, l'air d'une jeune déesse.
Oh ! Marie , ta simple robe blan-
che , ton voile verd , te paraient bien
davantage à mes yeux. Et nous aussi,
Sophie et moi, nous avons fêté ton
jour de naissance, elle donna aux serfs
de ton père, un jour de repos, un
bon repas, et les fit danser. Je dis-
tribuai aux plus pauvres et aux mala-
des une somme d'argent, en leur disant que c'était de la part de la princesse Marie; et quand ces pauvres
malheureux joignaient les mains et te
bénissaient en versant des larmes
de joie, ô Marie ! moi aussi je joi-
gnais les mains, j'unissais ma voix à
leurs cris d'alégresse et de reconnais-

sance, aux cris répétés de „vive la
„ princesse Marie ! Dieu bénisse la bon-
„ ne princesse Marie !

Je passai le reste de la journée avec
madame Rocalès, dans la chambre
que tu habitais dans ton enfance; il
y a ton portrait, si ressemblant encore.
Sophie me raconta combien tu étais
douce et bonne dès tes plus jeunes
ans; je dévorais chacune de ces paroles sans détourner mes yeux de ton
portrait. Elle me montra aussi une
petite robe de dentelles que tu avais
portée à cinq ou six ans ; je m'en
emparai d'abord pour augmenter mon
petit trésor qui se composait jusqu'à-
lors de ton voile verd. O Marie! ne
dis pas que ce sont des enfantillages,
l'amour il est vrai , est toujours un
peu enfant; mais c'est quand il est
aussi pur, aussi innocent, aussi réel

que le nôtre ; je te jure que lorsque
je me sens inquiet, triste, agité, je
n'ai qu'à regarder ton voile, à le poser
sur mon cœur, et il bat plus tranquillement ; le calme y renaît ; c'est comme un talisman de bonheur et d'espérance, aussi je ne le quitte plus.
A ton premier jour de naissance,
Marie, si tu es avec moi, il faut que tu
te mettes comme dans ce portrait,
toute en blanc et une guirlande de
myrthe autour de ta tête, tu seras bien
plus jolie qu'avec ta robe de drap
d'or et ton diadême de diamans. Oh !
quand le célébrerons-nous ? Adieu,
adieu, Marie.

LETTRE VII.

Marie à Fédor.

Pétersbourg ... Février 1726.

CROIRAIS-TU, mon cher Fédor, que dans mes momens les plus sereins, l'arrivée d'une de tes lettres m'attriste? Sais-tu pourquoi? C'est que je me laisse souvent entraîner dans une douce rêverie qui me donne un instant d'illusion; les yeux fermés, ma tête appuyée sur ma main, je pense à toi avec tant de force, qu'il me semble te voir et t'entendre. Maman ouvre la porte de ma chambre...... une lettre, me dit-elle, le courier de Pozeck est arrivé; ah! Fédor, il faut donc un courier; il faut un intermédiaire

entre toi et moi pour nous communiquer nos pensées ; et ce courier, que
de choses peuvent le retarder ! Alors
l'illusion cesse, mes yeux s'ouvrent,
je regarde autour de moi et Fédor n'y
est plus..... ah ! oui , oui , il est encore
là , c'est lui qui a tracé ces traits ;
c'est son ame ; c'est son cœur qui
ont dicté ces expressions ; et la joie
et le bonheur reviennent animer ma
vie en lisant ta lettre. Il en est ainsi,
cher ami , de l'idée que je me forme
de notre avenir, tantôt il m'effraye et
m'attriste, tantôt il m'enchante, quelquefois j'éprouve , en y songeant, une
terreur extrême , d'autrefois une vive
impatience.

Tu as célébré délicieusement mon
jour de naissance , et moi aussi je
l'ai fêté suivant mon cœur ; mon père
me donna pour mes étrennes une

bourse de mille roubles dont chacune
a fait couler au moins une larme de
reconnaissance, ou m'a attiré une
bénédiction de la part de quelque
malheureux. Combien mon cœur a été
touché de celle des serfs de mon
père, oh! que ne dépend-il de moi
de leur renouveller souvent cette journée; il me semblait que je t'entendais
crier avec eux, vive la princesse
Marie; et moi aussi, Fédor, je crie
au ciel, vive l'heureuse Marie, puisqu'elle est aimée de Fédor. J'ai versé
de douces larmes aussi en lisant ton
entretien avec ma Sophie, devant le
portrait de la petite Marie, dont le
cœur innocent se préparait pour t'aimer; et ce voile verd que tu poses
sur ton cœur! oh! mon Fédor, un
jour aussi tu presseras Marie sur ce
cœur si tendre, si aimant, dont elle

sent si bien tout le prix, et toutes nos peines seront oubliées. Mais en attendant ce moment, je me nourris d'inquiétudes sur mon père: il me semble que ses richesses, ses grandeurs doivent nécessairement s'écrouler. Lorsqu'on entre dans ma chambre, je crois qu'on m'apporte la nouvelle de sa chûte; le moindre bruit que j'entends me semble un mouvement séditieux dirigé contre lui. Mon père est très réservé vis-à-vis de nous, il nous dissimule ce qu'il espère et ce qu'il craint. Je doute fort, quoique tu me l'aie écrit deux fois, que le duc de Holstein le haïsse autant que tu te l'imagines; il est vrai qu'autrefois mon père a cherché à lui enlever sa place de commandant des gardes du corps; mais ils ne sont plus ennemis; l'Impératrice les a réconciliés.

Dans

Dans le conseil de cabinet, mon père est le premier après le duc ; et les Galitzin, deux hommes probes et loyaux, paraissent étroitement liés avec lui. Mais tu as bien raison, mon Fédor, que nous importent toutes ces liaisons formées par l'ambition, l'intérêt, ou la politique? Que ne donnerais-je pas pour que mon père les appréciât comme nous, et vécût ignoré et tranquille sans titres, sans décorations, sans honneurs dans notre petite et chère campagne de Ronebourg ! Que personne ne connût son nom excepté ses gens et ses voisins; que toi Fédor, tu fusses le fils de l'un de ces voisins aussi simple que nous! — Tu m'aimerais comme tu m'as aimée; car tu serais toujours Fédor, et moi toujours Marie, et personne ne te disputerait ma main...... je serais trop

F

heureuse alors , oui , trop heureuse
pour ce monde.

Mais combien je suis éloignée de ce
bonheur sur la hauteur escarpée et dangereuse où le sort m'a placée ! Sophie m'a
dit souvent que l'ambitieux ne se contente jamais de ce qu'il possède, et qu'à
quelque hauteur qu'il soit parvenu, il
aspire toujours à monter encore; et
il a raison suivant son systême, ajou-
tait-elle, car il faut qu'il monte ou
qu'il tombe. Et quand il est parvenu
au plus haut point sa chûte est donc
inévitable.... Oh ! que Dieu accorde au
moins à mes ardentes prières que mon
père en tombant ne soit pas tout.à-
fait écrasé. Il y a quelques jours qu'un
coup de fusil partit à la parade, on
ne sait d'où, et tua un homme : on
dit bien des choses là-dessus ; mon
père pâlit lorsqu'il l'entendit : on croit

qu'il était dirigé contre l'Impératrice, celui qui en est mort (un négociant) était précisément derrière elle. Pendant trois ou quatre jours il a été impossible à mon père de reprendre l'air de séré‗nité sous lequel il cache ses soucis ; une fois même il lui échappa de dire en se frappant le front, *j'aurais été perdu*...... perdu, Fédor, perdu, et pourquoi ? et comment ?...... Si ce coup de fusil n'a pas atteint l'Impéra‗trice, une fièvre, une attaque d'apo‗pléxie ne peuvent‗elles pas l'enlever à chaque instant ? Deux jours après cet attentat on célébra l'anniversaire de la mort de notre empereur Pierre le grand, et toute la cour en grand deuil se rendit à l'église de St. Pierre où il est inhumé. J'y étais allée de bonne heure et je me trouvai seule enveloppée d'un voile de crêpe, dans

F 2

cette grande enceinte tapissée de noir ; des milliers de lampions étaient préparés pour illuminer l'église, mais ils ne répandaient encore qu'une clarté sombre. La cour arriva dans un silence solemnel ; j'étais dans la tribune vis-à-vis de la place de l'Impératrice, mon père était derrière elle ; je ne sais si c'était la lumière terne des lampes, ou un effet de mon imagination, mais ils me parurent pâles comme des spectres. Sur un catafalque était placé le portrait de Pierre le grand, très-ressemblant, et quelques inscriptions touchantes ; je comparais le teint animé de l'Empereur avec les visages pâles de tous ceux qui l'entouraient ; on eut dit que lui seul vivait, et qu'il était entouré de morts : mon père sur-tout me frappa. La musique commença, sans que j'y fisse grande attention, par des sons unis, lents, graves, très-pleins et très-bas ; j'avais encore les yeux et les idées fixés sur mon père et je priais pour lui, lorsque tout d'un coup une voix de premier dessus chanta très-doucement, *il est tombé*, et après une longue pause elle reprit plus bas *il est tombé*. Je fus très-saisie, et mon émotion augmenta lorsque tous les premiers dessus reprirent en accord très-hauts et aigus, *il est tombé*, *malheur*, *malheur*. Oh ! Fédor, excuse ta faible amie, ce mot a percé mon cœur comme un trait, l'impression ne s'en effacera jamais ; au milieu des conversations les plus animées, au milieu des plaisanteries les plus gaies, au milieu du faste qui m'environne, je crois toujours entendre ce mot de *malheur* ; jamais je ne touche mon clavecin sans faire l'accord de la septième mineure, sur lequel ce mot fut chanté, et sans le répéter. Je m'appuyai contre les pilastres revêtus de noir, les lampions brillaient alors à mes yeux comme des éclairs, la voûte me semblait ébranlée, je croyais voir le portrait de l'Empereur s'animer et lancer des regards menaçans. Je fus très - longtems sans me remettre, la première chose que j'entendis distinctement fut une voix seule qui chantait, *pleurez, oh ! mères, oh ! jeunes filles, pleurez, car notre père est tombé.* La voix se tut et il régna un profond silence ; mon front se couvrit d'une sueur froide, je l'appuyai sur le lutrin qui était devant moi, je joignis mes mains glacées et tremblantes, et je me jetai à genoux plus par faiblesse que par dévotion. Lorsque j'eus repris un peu de force,

Je me relevai et je cherchai à me
pénétrer de l'idée que ce n'était qu'une
cérémonie funèbre; mes efforts furent
vains. Je revins chez moi très-émue,
mais je l'aurais été même sans les
craintes qui ont frappé mon imagination; c'était l'aniversaire de la mort
de notre grand Empereur, et tous ses
courtisans, tous ceux à qui il a fait
du bien, ceux qui étaient à ses pieds,
baillaient avec l'air ennuyé, indifférent.
Bon Dieu, Fédor, serait-il donc vrai
que le souvenir d'un être aimé que
l'on a perdu se détruise plus vite que
son urne funéraire. Pierre le grand
était le bienfaiteur, le père de ses
sujets, et la plupart l'ont déja oublié!
Fédor, un an après ma mort tu serais
peut-être déja consolé! Ne vaudrait-
il pas mieux que tu n'eusses jamais
aimé? Depuis ce jour de deuil les

fêtes se sont succédées tous les jours
en l'honneur du duc et de la duchesse
de Holstein ; elles ne m'égaieront pas
ces fêtes, ce cri *de malheur* rétentit
encore dans mon cœur.

Fédor, le comte de Sapieha est
arrivé ici ; sais-tu que la main de
ta Marie était destinée à son fils, je
dis *était*, car Dieu soit béni elle ne
l'est plus ; je l'ignorais et je dansais
avec lui, et je lui parlais avec affabilité ;
enfin ma mère m'en dit un mot ; mais
seulement depuis que mon père eut
abandonné ce projet. Il m'était destiné,
demandai-je en pâlissant ? Mais,
maman, il ne l'est plus à présent, j'espère. — Non, Marie, non, plus à présent. Ah ! maman , quel bonheur lui
dis-je en l'embrassant ; mais en êtes-
vous bien sûre ? Mon père ne renonce
pas facilement à ses plans, qu'est-ce

qui lui a fait abandonner cette idée ? —
C'est moi, ma fille, qui l'ai prié
instamment, et même à genoux, de
rompre ce projet de mariage, il me
l'a promis et m'a déja tenu parole.

Oh! Dieu, m'écriai-je en me jetant à ses pieds, c'est ainsi mon ange
tutélaire, que je veux chaque jour vous
remercier. Elle me releva en pleurant,
et me serra sur son cœur avec inquiétude: Mon enfant, ma chère Marie,
dit-elle en balbutiant, comme si elle
eût hésité de me parler, ton père a
renoncé à ce mariage, si facilement,
si promptement, je n'osais pas m'y
attendre. Le comte Sapieha est un
parti brillant, quand j'en parlai à ton
père il appuya sa tête sur sa main,
et se perdit dans de longues réflexions; enfin il rompit le silence et dit
à demi-voix : « j'aurais donc usé ma

F 5

« vie dans l'agitation et les tourmens
« pour que cela finit ainsi ! C'est
« donc pour cela que j'aurais bravé
« la mort et le malheur dont je suis
« sans cesse menacé. „Il enfonça encore
plus sa tête dans ses deux mains, et
paraissait avoir absolument oublié qu'il
n'était pas seul „ Sapieha , reprit-il
après quelques secondes de silence ,
« je serai toujours sûr de celui là...
« mais à présent..... qui peut prévoir
« jusqu'où je pourrais m'élever encore.„
Pas plus haut j'espère , mon cher ami,
lui dis-je doucement et douloureuse-
ment, quel pas peut-il te rester à
faire ? ma voix le tira de ses médi-
tations, et je vis à son air de surprise qu'il avait oublié que j'étais là,
il reprit à l'instant son air serein avec
cette mobilité que tu lui connais, et
me serrant la main il me dit d'un

regard animé : Je veux être un heureux père, je le veux ; l'alliance avec
Sapieha est rompue , je t'en donne
ma parole, si cette assurance peut aussi
te rendre heureuse.

Très-heureuse, lui dis-je en l'embrassant tendrement : Oh ! mon cher
Alexandre, sachons une fois être heureux , cela nous serait si facile. —
Bientôt, dit-il avec bonté. — Bientôt, cher ami ; oui, hâte-toi pendant
que tu le peux encore, l'Impératrice
est mortelle, tu n'ignores pas que tu
as des ennemis.......

— Eh bien ! c'est pour cela que......
l'alliance avec Sapieha est rompue, te
dis-je ; peut-être Marie deviendra-t-
elle et le garant de notre bonheur.

Voilà, cher Fédor, ce que mon père
a dit, qu'est-ce que cela signifie ?....
Mais l'essentiel à présent c'est que

je suis rassurée sur Sapieha, et je me
réjouis que cet orage qui me menaçait soit passé sans m'avoir donné
d'autre désagrément qu'une peur qui
s'est bientôt changée en plaisir. Viens
à Pétersbourg, ma mère veut que tu
viennes me dire que je suis une folle
de me réjouir tandis que notre hori-
zon est encore couvert de nuages
épais. O! Fédor, ce n'est pas en te
voyant que je renoncerai à la douce
folie d'espérer le bonheur, puisque je
serai déja dans ce moment là ton
heureuse, mille fois heureuse Marie.

LETTRE VIII.

Fédor à Marie.

Pozeck .... Mars 1726.

Innocente Marie, douce et confiante colombe, sans fiel, sans malice, qui ne crains rien, qui ne prévois rien, tu appelles ce qui vient de se passer *une peur qui s'est transformée en plaisir;* peu s'en faut que tu n'interprêtes tout ce que ton père a dit comme un consentement à notre union ! Comment peux - tu croire qu'il m'accordera à moi, à un Dolgorouki, ce qu'il juge d'un trop haut prix pour le comte de Sapieha ? Penses - tu, chère Marie, qu'il voie ton Fédor des mêmes yeux que toi, et qu'il

desire ton bonheur? Il ne veut le
bonheur de personne, pas même le
sien propre; il ne veut que son élévation, son ambition ne connaît aucun
terme. A peine a-t-il assuré son pied
sur une marche qu'il pense déja à le
poser sur celle qui est au-dessus;
mais plus il s'éleve, plus sa position
devient dangereuse; sur chaque marche il trouve de nouveaux ennemis, de
nouveaux dangers, et les appuis lui
deviennent plus nécessaires à mesure
qu'il monte. Sur un degré inférieur
ton père crut avoir besoin du comte
Sapieha et il promit ta main à son
fils, depuis lors il l'a beaucoup dévancé, et Sapieha qui est sagement resté
à la même place, n'est plus assez
haut pour lui....... Pauvre Marie,
c'est toi, c'est ta beauté, c'est ta
main qui doivent soutenir ton père au

faîte élevé et glissant où il est parvenu, c'est sur toi qu'il veut s'appuyer
pour monter plus haut encore s'il est
possible. Que lui importe ton cœur,
ce cœur si tendre, si fidèle, ce n'est
pas avec un cœur que l'on fait son
chemin à la cour. Pauvre Marie ! le
tien aura bien encore à souffrir.

Je le connais ce Sapieha à qui on
voulait t'unir, je le connais et je le
chéris ; nous nous rencontrâmes en
Suisse, au pied du St. Gothard, lorsque
je passai en Italie, et nous continuâ-
mes notre route ensemble. Il est très-
aimable, son esprit est éclairé, son
cœur est chaud et sa tête enthousiaste.
Nous prîmes un guide, et laissant nos
équipages et nos gens en arrière,
nous grimpâmes ensemble le Saint
Gothard : arrivés au sommet, nous
nous arrêtâmes pour contempler le

spectacle imposant qui s'offrait à nous.
Sur cette chaîne élevée des Alpes on
plâne non-seulement sur la terre, mais
aussi sur les nuages ; à nos pieds, dans
une profondeur incroyable, nous voyons
une grande partie de la Suisse, les
plus hautes collines paraissaient de ni-
veau avec les plaines, et toute cette
contrée ne semble être depuis là, qu'un
petit rocher détaché des Alpes, qui
a roulé dans l'abîme. Au - devant de
nous s'étendaient les fertiles champs
de l'Italie, semblables à un jardin cul-
tivé avec soin. En contemplant ce beau
spectacle je voyais les regards de Sapieha s'animer et son imagination s'é-
xalter de plus en plus : Oh ! me dit-il
enfin avec feu et sentiment, oh ! Fédor,
qu'est-ce que c'est que la vie, et vaut-
elle ce qu'on fait pour la conserver ?
Combien un individu est peu de chose

dans cette immensité! .... Un *Sapieha*,
un *Dolgorouki*, sont moins , bien
moins peut-être aux yeux du grand
Etre que le plus simple pâtre de ces
montagnes.. *Grandeur*, *richesse*, *pou-*
voir, ces mots ne font-ils pas pitié,
plutôt que de faire envie.... Oh ! Fédor,
ajouta-t-il avec un regard expressif, que
je trouve un cœur, un seul cœur qui
m'aime, qui m'appartienne, je me croirai plus riche, plus grand, plus puissant
en mangeant le pain d'un travail utile,
dans une de ces vallées reculées et
paisibles, que le grand Czar sur son
petit trône de poussière.... Je souris,
mais il avait raison, Marie, et il me
parlait le langage de mon ame. Sur
cette hauteur immense, plus près du
ciel en apparence que des habitations
des hommes, la vie, cette terre, ce
monde périssable, ces hommes mortels

me paraissaient aussi bien petits, l'amitié seule nous semblait avoir quelque prix et nous nous jurâmes là une amitié aussi forte, aussi durable que les rocs qui nous servirent de témoin. Fédor, me dit-il, soions amis quoiqu'il arrive, compte sur moi tant que j'existerai ; ne permettons pas aux petites passions humaines de nous désunir. Je le lui promis, et peu après nous nous séparâmes ; il resta en Italie, moi j'allai dans le midi de la France, et je ne l'avais pas revu avant que j'eusse reçu ta lettre. J'étais un matin seul dans mon cabinet à penser à toi, la porte s'ouvre avec violence..... C'était Sapieha ; j'eus un vrai plaisir à le retrouver ; nous renouvellâmes les nœuds de notre amitié : sur les bords de la Néva comme sur le St. Gothard, me dit-il. As-tu trouvé,

lui demandai-je, ce cœur que tu de-
sirais? — Je l'espère, me répondit-
il, je vais me marier. — Je t'en félicite,
et puisque tu espères trouver un cœur
aimant ce n'est pas l'ambition ni la
politique qui te conduisent à l'autel?
Il sourit. — Il faut que je t'avoue que
c'est la politique et l'ambition qui m'ont
ramené à Pétersbourg ; c'est mon père
qui a fait mon mariage , mais il a
choisi pour moi comme j'aurais choisi
moi-même, et c'est l'amour qui me conduira à l'autel ; j'épouse la fille aînée
du prince Menzikof, la céleste Marie....
Malheureux ! m'écriai-je en lui saisis-
sant le bras ; je me sentais pâlir et trembler , et sans doute mon visage était
effrayant, car il pâlit et trembla aussi, et
me regarda de l'air le plus sombre. O !
Marie, je frémis encore en pensant à
ce moment , sans doute Sapieha vaut

bien mieux que moi, il est plus héroï-
que, plus généreux, plus *ami*; mais
j'en atteste le ciel et mon cœur, il ne
t'aime pas comme je t'aime puisqu'il
peut renoncer à toi.

Il paraît, Fédor, me dit-il, que le
sort veut mettre notre amitié à l'é.
preuve, et à la plus dangereuse, à celle
de la rivalité. Ai-je raison ? Parle,
Fédor, réponds-moi ? Je t'ai dit que
j'aimais Marie Menzikof, et qu'elle
m'est promise ; qu'as-tu à me confier,
parle ?

Que j'aime aussi Marie, que je l'aime avec idolâtrie, et que je suis aimé
d'elle.

Le destin est cruel, me dit-il vivement, il ne veut pas même me laisser
le mérite de la générosité ; j'espérais
que notre amitié allait être cimentée
par un sacrifice que nous voudrions

nous faire mutuellement ; mais puisque tu es aimé, il n'y a plus de sacrifice, sois le plus heureux des hommes, je me retire.

Oh ! cher Sapieha.... le pourras-tu....
ton père.... le prince Menzikof....

Eh bien ! mon père se fâchera sans
doute ; veux-tu que pour lui épargner
un moment de dépit je fasse ton malheur et celui de Marie ? Non, Fédor,
s'il n'y a pas d'autre moyen, je quitte
Pétersbourg secrètement et je retourne
en Italie ; je traverserai le St. Gothard,
je reverrai ce sublime autel où nous
nous sommes juré une éternelle amitié et
je renouvellerai ce serment; c'est le plus
saint que l'homme puisse prononcer.
Je l'embrassai, et lui racontai comment
j'avais fait ta connaissance, et mes espérances fondées sur l'aveu de ta mère ;
il fronça le sourcil : je crains bien,

me dit-il, que ces espérances ne soient
une chimère ; si Menzikof continue à
s'élever et à triompher des Dolgorouki,
il ne te donnera jamais sa fille ; si au
contraire les Dolgorouki prennent le
dessus, il te la donnera bien moins
encore. Mais, Fédor, tu as un ami,
compte sur moi à la vie et à la mort.
Je vais retourner à Pétersbourg pour
tranquilliser ta pauvre Marie, elle sait
sans doute que son père me l'a ven-
due ; et il partit pour renoncer à toi,
Marie, à toi qu'il a vue et qu'il aime,
cet effort me paraît au-dessus de l'hu-
manité ; puisse-t-il pour sa récompense trouver une autre Marie.

Tu comprends à présent pourquoi
il a fait si peu de difficulté pour rompre l'union projetée. „ Peut-être Marie sera-t-elle le garant de notre
bonheur, a dit ton père ; ne serait-

ce pas plutôt un père qui devrait être
le garant du bonheur de son enfant?
Et le tien...... Pauvre Marie! ne te
fais plus d'illusion, les ambitieux ne
connaissent pas l'amour, tu dois être
le gage d'une liaison intéressée entre
celui qui te vendra, et celui qui
t'achètera.

Non, je ne retournerai pas à Pétersbourg, je ne te verrai pas aux fêtes
de la cour, j'y ai trop souffert à mon
dernier voyage; cette pompe éblouis-
sante, cet or, ces pierreries dont tu
es obligée de surcharger ta parure,
et qui vont si mal avec la noble simplicité de ta figure; ces yeux, que
tu oses à peine lever sur moi, ces
expressions froidement polies dont tu
dois te servir en parlant à ton Fédor,
ce triste *vous* que l'amour déteste,
tout cela, Marie, m'est insupportable.

Ah! comme je te vois bien mieux ici
au sein de la belle nature renaissante,
je dessine ton image dans chaque
nuage, je respire ta douce haleine
avec le parfum de chaque fleur; tous
les petits oiseaux qui chantent le retour
du printems semblent me dire de ta
part: „Marie, aime Fédor.„ L'illusion
est quelquefois si complette, que je
crois te voir et t'entendre. A Pétersbourg, je te verrais bien moins res-
semblante à toi – même. Oh! Marie,
tu ne sais pas ce que j'éprouve quand
je te vois danser avec un autre.....
toi, tu peux avec un art que je t'envie
me regarder, me parler comme si
j'étais un étranger, tu peux être tout
près de moi et soutenir une conversation suivie; veux – je essayer de t'imiter, si par hasard j'entends le son
de ta voix, si tu lèves seulement la
main,

main, si ta robe me touche en passant, je ne sais plus ce que je dis. Non, Marie, je ne veux pas te revoir ainsi. Adieu, sois tranquille si tu peux l'être, moi je tremble pour notre avenir.

———————

LETTRE IX.

Marie à Sophie.

Pétersbourg .... Juin 1726.

Je t'envoie toutes ses lettres, Sophie, je les ai copiées pour toi, je n'aurais pu me séparer des originaux, une de ces feuilles chéries pourrait se perdre si facilement! Tu verras, ma bonne, à combien d'inquiétude son imagination se livre; ma mère est exactement de même, et je persiste à croire que tous les deux se tourmentent pour rien; mon père est si bon pour moi!.... Peut-être voulait-il plaisanter quand il dit à maman des choses si singulieres à propos de moi; n'est-ce pas, Sophie, on parle souvent ainsi sans que

cela signifie rien, sans y attacher aucune idée ? Si on me laissait faire, j'ai
une telle confiance en la bonté de mon
père, que j'irais me jeter à ses pieds,
et je lui avouerais que j'aime ce jeune
Dolgoruki si noble, si vaillant, si
généreux, dont je lui ai entendu faire
l'éloge à lui-même ; peut-être ce nom
lui ferait d'abord un peu froncer le
sourcil ; mais il ne résisterait pas à
mes prieres, à mon amour, à mes larmes, et moins encore à celles de Fédor,
qui posséde si bien l'art de s'attacher
tous les cœurs ; ne le crois-tu pas
aussi, bonne Sophie ?

Tu apprendras dans ses lettres qu'il
ne veut absolument pas me voir à la
cour, et en présence de gens intéres-
sés à déviner ses sentimens ; et peut-
être a-t-il raison ; j'ai bien senti qu'il
m'arrivait ainsi qu'à lui de rougir

comme le feu lorsqu'il entrait, et de
trembler quand je le voyais s'approcher;
je ne pouvais suivre aucune conversation. Combien de fois ma bonne maman a-t-elle été obligée d'excuser mes
distractions, mon air occupé, en disant que j'avais une violente migraine.
Je dansais parce qu'il le fallait, mais
Dieu sait combien il m'en coûtait pour
danser avec un autre que lui ; et combien j'ai embrouillé de figures de con-
tredanse. Ma pauvre tête était toujours accusée des fautes dont mon
cœur seul était coupable. Malgré cela
j'avoue que j'aimais mieux le voir ainsi
que d'en être privée ; passé la première entrevue que je t'ai racontée,
maman n'a plus voulu le recevoir en
secret. J'ai donc été deux mois sans
le voir. Oh ! comme ils m'ont paru
éternels. Il y a quelques jours que

l'on donna une fête sur l'eau à Peterhoff, à l'honneur des ambassadeurs,
après dîner on fit le tour des belles
promenades, et des cascades; le soir on
illumina les bosquets. Je regardai toutes ces beautés de l'art sans aucun
intérêt, sans aucun plaisir, mon cœur
tout entier était à Posek ; mais combien il fut ému quand j'apperçus le
jeune comte Sapieha, l'intime ami de
mon Fédor ; il me salua et s'approcha
de moi. Que de choses j'avais à lui
dire, et nous n'étions pas seuls. Enfin
il m'offrit son bras, et prit insensiblement le chemin d'une allée écartée ; je
voulus nommer Fédor, il m'imposa
silence par un regard, en me faisant
signe que nous étions suivis par dix
ou douze heiducs qui pouvaient nous
entendre. Est-ce des gens à vous,
comte, lui demandai-je ? Il me dit

que oui. — Ne pourriez-vous pas les éloigner un instant, je voudrais vous parler. Nous étions alors parvenus dans un grand sallon de verdure à l'extrêmité de l'allée, il se tourna et cria à ses heiducs : allez, vous savez ce que vous avez à faire. Ils se postèrent à toutes les issues de ce sallon, qui forme une espèce d'étoile.

Tout-à-coup, l'un d'eux qui était resté un peu en arrière, s'élance dans mes bras en s'écriant, ô ! ma chère Marie ! c'était Fédor. Sapieha s'était retiré. Nous étions seuls, éclairés par des milliers de lampions, sous une voûte de hêtres dont le feuillage épais nous dérobait à tous les yeux ; l'excès de mon émotion, de mon bonheur, de ma peine m'ôta presque l'usage de mes sens, et je fus obligée d'appuyer ma tête contre la poitrine de Fédor

pour me soutenir. Je t'ai donc retrouvée, me disait-il en me pressant plus
fort contre lui ; je t'ai rétrouvée, ré-
pétait-il encore! Et moi, Sophie, ah!
je ne pouvais parler, mais mes larmes, mon saisissement lui disaient
assez qu'en effet il retrouvait *sa Marie.*
Sapieha revint, prit vivement mon
bras, m'entraîna dans l'allée, eut l'air
de me montrer l'effet de l'illumination ;
quelques promeneurs s'étaient appro-
chés, nous allâmes d'un autre côté,
toujours suivis par les heiducs de Sapieha. Nous nous arrêtâmes dès que
nous fûmes assez écartés, neuf des
heidues s'éloignèrent, le dixième se
rapprocha, et cette fois se jeta au cou
de Sapieha. Le comte prit nos deux
mains, et les serrant avec amitié :
Fédor, dit-il ensuite avec un ton de
solennité, tu aimes la princesse Marie

plus que ta vie ? — Oh ! plus que
mille vies , répondit mon cher Fédor.
— Et vous, madame? je rougis; j'aime
Fédor , lui dis-je , comme Fédor aime
Marie.

Eh bien , continua ce généreux ami,
osez assurer votre bonheur , mon yacht
est prêt sur le canal voisin ; personne
ne le sait , il est armé et pourvu de
vivres ; vous pouvez compter sur mes
gens , ils me sont dévoués et vous
serviront au péril de leur vie. Dans
un quart d'heure vous serez en pleine
mer , vous relâcherez à Dantzig, et
vous volez au travers de l'Allemagne
dans un de ces vallons de la Suisse si
riants et si retirés , où tu sais Fédor,
que je plaçai en idée le roman de ma
vie ; j'y place mes amis , c'est également mon bonheur. Voilà un porte-
feuille plein de lettres de change ; adieu,

partez sous les auspices de l'amour et
de l'amitié. Pourquoi cet air étonné,
Fédor? Et vous princesse Marie, pourquoi pâlir? Je vous le dis, jamais
votre père ne permettra qu'un Dolgorouki obtienne votre main ; ce qui est
si facile dans ce moment sera probablement à la fin le dernier moyen qui
vous restera, et qui ne sera peut-être
plus en votre pouvoir. Fédor jeta en
silence un regard sur moi : ah! Sophie,
si tu pouvais te faire une idée de
l'expression de ce regard, tu me par-
donnerais d'avoir éprouvé un vif desir
d'accepter la proposition du comte ; je
me jetai dans les bras de Fédor, Sa-
picha nous entraîna vers le canal où
l'on nous attendait. Fédor s'arrêta
tout-à-coup. — Ne t'arrête pas, lui
dit son ami, pense au bonheur suprême qui t'attend, aie le courage de

G 5

le saisir. Ah ! dit Fédor avec égare-
ment, oui, sans doute le bonheur suprême ; mais Marie aussi doit être
heureuse ; il me prit la main et me regardant avec une tendresse inexprimable : Marie, me dit-il, voilà la barque qui peut nous soustraire au pouvoir de ton père, au malheur d'être
séparés, y entrer avec toi, ne plus
exister que pour toi, serait sans doute
le bonheur suprême ; mais je ne veux
pas surprendre ton consentement. Tu
m'aime, et quand je ne devrais jamais
connaître un autre bonheur, celui là
me suffit ; j'achèterais trop cher le
bonheur suprême s'il devait te coûter
jamais une larme, une seule larme de
répentir. Réfléchis, Marie, pense que
tu vas quitter ta patrie, tes parens. Je
ne te parle pas de ton rang, de ta fortune, mais ta sœur, ta mère.... ta mère,

Marie ! je ne puis t'offrir en dédom-
magement que mon éternel amour. Il
prononça ces mots d'un ton ferme et
sérieux , mais avec les yeux pleins de
larmes..... Je pleurai aussi, et je le
pressai sur mon cœur : Fédor , lui dis-
je, je me précipiterais avec toi dans
un abîme ; avec toi je serais heureuse
par-tout , dans toutes les situations , et
sans toi point de bonheur pour Marie.
Mais devons-nous affliger ma mère ?
Fédor , je veux t'obéir comme si j'étais
déja ton heureuse compagne , décide
pour moi.

J'ai décidé , Marie, me dit-il avec
douceur , j'ai décidé pour le repos de
ton cœur innocent et pur ; qu'avons-
nous besoin d'être ensemble pour être
heureux ? Nous le serons en mourant
l'un pour l'autre , et peut-être , Marie ,
me le serais-tu pas si tu quittais ta

G 6

mère pour ton amant. Non, dit-il, en
posant sa main sur mon cœur, et ses
lèvres sur mes yeux ; non, ce cœur
n'est pas fait pour le remords, et ces
yeux pour des larmes de répentir ; ils
en verseront sans doute, mais les larmes d'un amour vertueux ne sont pas
sans douceur. Retournons, chère Marie, nous souffrirons parce que nous
y sommes condamnés, mais nos souf-
frances seront des épreuves et non pas
une punition. Chère Sophie, oh ! combien dans ce moment j'aimais mon
Fédor. Oh ! m'écriai-je, tu combles
tous mes vœux, tu me rends la vie ;
cependant je t'aurais suivi si tu l'au-
vais demandé. Oui, Fédor, restons
innocens, la vie n'a qu'une minute et
notre amour est éternel.

Sapieha nous écoutait d'abord avec
impatience et mécontentement, peu-à-

peu cette impression fit place à celle
de l'admiration : Etres magnanimes ,
s'écria-t-il, combien vous méritez ce
bonheur que vous sacrifiez à la vertu !
Fédor , tu tiens comme moi le serment
que nous prononçâmes ensemble sur
le St. Gothard , d'être à jamais fidèles
à l'amitié et à la vertu , même aux
dépends de notre bonheur : j'ai sacri-
fié le mien à l'amitié , tu sacrifies le
tien à la vertu. Que serait-ce en effet
que la vertu et l'amitié , si elles n'é-
taient pas au-dessus de l'amour. Je ne
vous presse plus de partir , mais rappellez-vous que vous avez un ami.

Nous retournâmes dans la grande
allée, sans qu'on se fut apperçu de
notre absence, excepté cependant ma
mère, qui me cherchait ; je la vis
venir à nous et je courus à elle.
Elle sourit en me voyant appuyée

sur Sapieha ; quand nous l'eûmes joint,
je pris la main de Fédor , et je le lui
présentai. — Le voilà, maman, lui
dis-je en l'embrassant ; j'étais si fière
de son amour, que dans ce moment
là j'aurais osé le présenter ainsi à
l'Impératrice , à mon père même. Ma
mère fut très - surprise, mais elle ne
put rien dire ; plusieurs personnes
s'approchèrent de nous. Peu de tems
après elle retourna à Pétersbourg et
m'emmena avec elle ; ma sœur voulut
rester plus longtems, et mon père y
était obligé par sa place de grand
Maréchal. Dès que je fus seule avec
ma mère, elle m'embrassa , puis elle
me dit avec une douce sévérité : quelle
imprudence, Marie, comment avez-
vous osé ?....... Je l'interrompis ; j'aurais osé bien davantage, maman; si
Fédor l'avait voulu, votre coupable fille

ne serait pas en ce moment dans vos bras. Je lui racontai alors tous ce qui s'était passé ; elle m'écouta avec une attention extrême, se promena avec émotion dans la chambre ; s'arrêta devant moi, et me fit répéter tout ce que je venais de lui dire, et sur-tout le détail des mesures que Sapieha avait prises pour notre sûreté ; alors elle soupira, et s'écria comme malgré elle : „ excellent ami, noble jeune homme.... A présent, Marie, tu serais heureuse. O Dieu! ajouta-t-elle, ne les verrai-je donc jamais heureux ? elle me serra dans ses bras, et me renvoya dans mon appartement. Qu'en penses-tu, Sophie ? Ces mots qui lui sont échappés ne semblent-ils pas dire qu'elle aurait désiré que j'eusse pris le parti de la fuite ? O Sophie, sa bénédiction m'aurait donc suivi ; à présent nous serions

déja bien loin de notre patrie, je serais déja l'épouse, l'heureuse épouse de
Fédor, et bientôt nous aurions atteint
les hautes Alpes de ta patrie, de cette
patrie que tu m'as si souvent dépeinte
comme l'asile de l'innocence, de la
liberté, et de l'amour...... Mais si
j'avais fui, ma mère n'aurait pas eu
peut-être cette indulgence que son
amour maternel lui donne à présent,
elle ne songe qu'à mon bonheur, elle
oublie le sien. Non, Sophie, il faut
que je reste, Alexandrine est encore
trop jeune, trop étourdie, trop enfant
pour me remplacer auprès de la meilleure des mères ; je suis sa seule amie,
c'est dans mon sein qu'elle verse toutes
ses peines ; c'est moi seule qui les
adoucis, qui la console, qui lui fais
supporter ses inquiétudes et ses ennuis...
et j'aurais l'ingratitude de l'abandon-

ner! elle! ma mère ! ma confidente !
la bonne et généreuse protectrice de
mon amour! Non, Sophie , non , jamais. O! combien ils sont tous adorables
pour moi les amis de mon cœur ; Sapieha sacrifiait sa fortune et ses sentimens pour assurer mon bonheur ;
Fédor refuse d'être heureux pour me
sauver des remords ; ma mère , mon
excellente mère consentirait à se pri-
ver de moi pour que je fusse heureuse.
Et moi, fille ingrate , amante insensée , amie intéressée , je ne saurais
pas aussi leur sacrifier mon bonheur !
Non, quoi qu'il arrive je veux rester avec ma mère, je veux que mon
cœur soit son refuge dans ses peines.
Non, mère chérie , toi qui me permets
d'aimer Fédor , je ne t'abandonnerai pas.

LETTRE X.

Marie à Fédor.

Pétersbourg . . . Juillet 1726,

Non, Fédor, tu n'es pas le seul
qui m'aimes avec ce noble désintéressement, ma mère aussi m'aime de
cette manière. Quand je lui racontai
notre entrevue de Peterhoff, et les
préparatifs de Sapieha pour notre fuite,
il lui échappa quelques mots qui res-
semblaient à un consentement; je te
l'ai caché jusqu'à présent, je crai-
gnais tes sollicitations, puisque cet
obstacle était levé. Mais, mon cher
Fédor, ne trouves-tu pas comme
moi, que sa générosité, sa tendresse, son abnégation d'elle-même, sont

des liens de plus qui doivent me retenir
auprès d'elle? Oui, tu le trouves, j'en
suis sûre, et tu ne me parleras jamais de la quitter. Oh! combien je
suis heureuse et riche, j'ai une mère
et un ami comme il n'en fut jamais!
Combien je serais coupable à mes
propres yeux, si je ne m'efforçais pas
d'être digne de leur attachement! J'en
jure par leur amour qui est mon unique bien, un bien si cher, si pré-
cieux, jamais leur Marie ne leur cau-
sera un seul instant de peine volontaire,
jamais ils n'auront à se reprocher de
l'avoir tant aimée. Le sort peut me
rendre bien malheureuse, mais non
pas coupable, un tel serment est le
garant de ma vertu. Le noble dévoue-
ment de ton ami doit sans doute
exciter notre reconnaissance, ses conseils étaient prudens, peut-être; mais

il ne nous était pas permis de les suivre. Je t'adore, Fédor, si je n'écoutais que mon cœur, je ferais tous les sacrifices ; oui, je l'avoue en rougissant, celui même de l'amour filial ; mais si je n'avais plus cette fierté que donnent l'innocence et la vertu, il me semble que je te perdrais aussi en même tems. Peut-être il viendra un tems affreux où nous serons tout-à-fait séparés, mais nous pourrons penser l'un à l'autre avec un sentiment si doux, si sublime, et dire avec un noble orgueil : *elle m'aime, il m'aime, la vertu seule l'emporte sur moi dans son cœur.* Oui, Fédor, cette barque où nous pouvions entrer ensemble, cette douce retraite en Suisse, où nous aurions vécu ensemble, nous auraient rendus moins heureux que d'y avoir renoncé. Ne disais-tu pas une

fois que tu préférais d'être à genoux
au pied d'un trône , que d'y monter
par un crime. Sais-tu ce que nous
avons gagné à être sages, à sacrifier
notre bonheur à la vertu ? Jamais elle
ne reste sans récompense ; depuis
cette journée de Peterhoff, ma mère
a la plus grande confiance en moi,
elle m'a permis d'aller passer quelques
semaines à Ronnebourg, près de ma
Sophie, près de mon Fédor, et je
pars aujourd'hui même après cette
lettre qui me dévancera de peu. Elle
consent aussi que tu viennes me voir
tous les jours, si tu le veux , pendant
que j'habiterai ton voisinage. Oh! Fédor, cher Fédor, ces semaines ne
compenseront-elles pas des années de
séparation. La duchesse de Courlande
part avant que l'affaire de mon père
soit terminée, mais mon oncle pour-

suit ce procès avec le plus grand
acharnement. La cour de Holstein
témoigne de la bienveillance à mon
père, et ne s'en cache pas ; c'est, suivant ma mère, une forte preuve que
l'Impératrice ne songe pas à lui retirer sa faveur. Mon père paraît tout-
à-fait tranquille et je ne sais si je me
trompe, mais je crois que l'Impératrice a pour lui une véritable amitié;
elle parle à d'autres courtisans avec
bonté, avec grace ; mais avec mon
père seul, elle a le sourire de la confiance, d'une confiance sans bornes; et
comment ne chérirait-on pas celui à qui
on ouvre son cœur?.... Fédor, toujours
tu liras dans celui de Marie, adieu.

LETTRE XI.

Marie à Fédor.

Pétersbourg ... Septembre 1726.

Cher Fédor, quels jours heureux
je viens de passer avec toi et ma
Sophie ! Ne nous plaignons plus de
notre destinée, mon bon ami, dès
milliers d'humains descendent au tombeau sans avoir une seule heure de
félicité semblable à celles qui viennent
de s'écouler pour nous. Où ai - je pris
des forces nécessaires pour soutenir
un tel bonheur, l'amour seul pouvoit
me les donner. Lorsque tu arrivais à
Ronnebourg avec le soleil matinal, déja depuis longtems mes yeux étaient
fixés vers la montagne que tu devais

descendre , et lorsque tu nous quittais le soir, mes regards te suivaient dans le lointain , jusqu'à ce que ton ombre disparût entièrement à mes yeux. Quatre ou cinq heures de sommeil me suffisaient, je m'éveillais en me disant, il va venir ; il arrivait, et le jour s'écoulait comme un instant de bonheur. A mon retour ma mère m'a dit en souriant que l'air de la campagne m'avait fait un bien infini, elle m'a trouvé grandie, et un air de vie et de santé. ! Ah ! maman, lui ai-je dit en me jetant à son cou, que j'y ai été heureuse. Mon père aussi me fait mille caresses, il me dit que j'ai embelli, et ne m'appelle plus que sa jolie Marie. Je te le répéte, Fédor, parce que maman dit que ce n'est pas sans signification ; un père peut bien voir que sa fille est jolie ; mais il ne le

lui dit pas sans motifs; quels peuvent
être les siens? Je ne puis le com_
prendre, mais ses éloges m'attristent;
les tiens, Fédor, me faisaient tant de
plaisir !

La santé de l'Impératrice s'affaiblit
tous les jours; depuis qu'on l'a remar_
qué mon père se rapproche du jeune
grand duc; le peu d'amis qu'il a
le blâment, et disent que cette con_
duite peut lui faire du tort. Ma mère
est très_inquiéte, il faut sûrement
qu'elle ait encore d'autres sujets de
peine que la crainte de la disgrace de
mon père; je la trouve souvent avec des
traces de larmes dans les yeux, quel_
quefois elle a peine à les retenir en
me fixant, et je suis presque tentée
de croire que c'est moi qui les fais
couler. Lorsque nous sommes seules
elles m'embrasse avec tendresse, sem_

ble avoir quelque chose à me con.
fier , et garde le silence...... mais je
repousse ce soupçon, mon cœur est
si plein de bonheur et d'espoir! Je
suis comme celui qui a regardé le
soleil et qui rentre dans l'obscurité :
pendant longtems il ne peut voir autre
chose que l'éclat des rayons de l'as.
tre lumineux qui sont encore dans
ses yeux ; cher Fédor , ici même je
ne vois que toi et le souvenir de ces
jours si heureux ne s'effacera jamais.

LETTRE XII.

Marie à Fédor.

Pétersbourg . . . . Octobre 1726.

Aujourd'hui le père Brukenthal est
arrivé chez nous ; il est entré inopiné-
ment dans la chambre de ma mère; elle ne
l'a pas reconnu au premier moment, mais
après l'avoir regardé quelque tems en
silence et d'un air incertain, elle l'a embrassé en s'écriant avec joie : C'est vous,
notre fidèle et sage ami , c'est donc
vous ! soyez le bien venu , à présent
tout ira bien, vous rendez la joie et l'espoir à mon cœur. Elle nous a ensuite présentés Alexandrine et moi
comme ses filles, à ce bon ecclésiastique;
il avait les larmes aux yeux , et nous a

serré la main avec une affection vraiment paternelle. Maman a fait avertir
mon père, qui est accouru, et s'est jeté
dans les bras de son ancien ami, avec
l'expression d'une vraie sensibilité : j'ai
bien vu alors que mon père est suscep-
tible d'aimer; il aime tendrement le père
Brukenthal, il ne pouvait se lasser de le
regarder et de l'embrasser encore. Cher
Brukenthal, lui dit-il avec émotion, je
t'aime autant que dans notre jeunesse,
je n'ai pas été un seul jour sans penser
à toi, sans te desirer, et toi tu m'as abandonné, tu as payé ma sincère amitié par
l'oubli et l'indifférence !

Brukenthal a serré la main de mon
père sans lui répondre , mais j'ai vu
deux larmes se suivre sur sa joue.

Après un moment de silence mon
père a frappé sur l'épaule de son ami,
et lui montrant le superbe sallon où nous

étions, il lui a dit en souriant : Lequel
de nous a raison à présent, cher Brukenthal? Moi, monseigneur, a répliqué
Brukenthal avec l'accent d'une vive
émotion, et vous..... Mais je me tais.
— Non, parle, mon ami, parle je t'en
prie ! que voulais-tu dire ?

Je voulais demander à votre Excel-
lence s'il ne lui en coûte pas un soupir
pour paraître avoir raison ? Je voulais
lui demander si votre cœur bat aussi
paisiblement sous cette brillante étoile
d'or, que le mien sous mon froc de bure?
si l'on est toujours aussi tranquille, aussi
serein dans ce palais somptueux que
dans ma cellule ? Et enfin si c'est la
main de Dieu qui vous soutient dans
ce poste éminent.... ou.... vos intrigues
sécrètes ?

Mon père palit, et fronça le sourcil ; il se promena quelque tems en

silence ; puis se rapprochant de Brukenthal , il lui dit avec douceur ; on
est entraîné par son caractère et par les
circonstances ; je n'ai pas pu t'imiter ,
Brukenthal , je n'ai pas pu faire ce que
tu as fait. — Vous l'avez pu , repliqua-
t-il d'un ton ferme et froid , et vous le
pouvez encore (mon père baissa les
yeux). Oh! monseigneur, oh ! mon cher
Menzikof , si je pouvais être votre bon
génie ? Vous savez combien je vous ai
été attaché lorsqu'en mille sept cent qua-
torze je vous ai quitté pour embrasser
l'état ecclésiastique , vous-même vous
avez trouvé que je faisais bien. Écoutez
un homme qui vous aime sincèrement...
le seul peut-être ! écoutez votre génie
tutélaire qui vous parle par ma voix.

Mon pere n'avait pas encore relevé les
yeux ; enfin il reprit courage , et dit
en souriant encore : tu vois bien cepen-

dant qu'aucune de tes prophéties ne
s'est réalisée. Je te répéte ma question,
qui donc a eu raison ?

— Et je vous répéte ma réponse,
monseigneur, c'est moi. Il y a douze
ans, prince, que je vous quittai; depuis
ce moment je n'ai éprouvé aucun senti-
sentiment de crainte, d'envie, ou de
haine ; mon cœur était en paix et mon
sommeil doux et tranquille. Avez-vous
été de même ?

Les regards de mon pere devinrent
plus sombres, il ne put retenir un
profond soupir.

Le prêtre continua : « je pense à la
veille sans regret, au lendemain sans
soucis ; le pouvez-vous aussi ? Ce que
vous devez craindre de perdre, le bonheur, le repos, vous les avez déja per-
dus. Qui vous empêche de faire comme moi ? Sans doute vous ne devez pas

vous enterrer dans une cellule et renoncer au monde , puisque vous êtes
époux et pere ; mais vous pouvez
vous retirer de la cour et des affaires ,
vous pouvez employer les dernieres
années de votre vie à la plus belle ,
à la plus douce destination de l'homme,
celle de faire le bonheur de votre compagne et d'élever vos enfans.

— Mon bon , mon fidèle ami , dit
vivement mon père ; c'est là mon unique
but ; c'est pour le remplir qu'il faut que
je reste ici , qu'il faut que je m'élève
encore plus haut.

— Grand Dieu ! vous élever encore,
Menzikof , y pensez vous ? Quel dé-
mon malfaisant vous pousse au devant
du malheur , tandis que vous pourriez
être si heureux ? Voulez-vous croire
votre ami ? Ne balancez pas un instant
pendant que vous le pouvez encore ;

la santé de l'Impératrice s'altère , peut-
être le tems n'est pas long où elle pourra encore vous accorder quelque chose ; demandez lui votre congé , allez
aux bains de Pise ; les sommes que
vous avez placées à Venise sont......

Oh ! finis cher ami , dit mon père
avec impatience, je ne le puis pas. Nous
reprendrons cet entretien quand nous
seront seuls ; viens avec moi.

Tu ne peux t'imaginer , Fédor, quel
plaisir j'eus à les voir sortir ensemble :
je me jetai au cou de ma mère en
répétant ce qu'elle avait dit auparavant „ à présent tout ira bien. „ Mes
espérances augmentèrent lorsqu'elle
me raconta l'histoire du père Brukenthal. Oui , Fédor , cet homme de paix
nous rendra à tous la paix ; je suis décidée à lui ouvrir tout à fait mon cœur.
Oh ! si tu voyais sa belle physionomie,

son beau front uni et serein , sur lequel
la tranquillité semble être établie ; ce
coup d'œil pénétrant et assuré ; cette
pâleur intéressante de son visage vénérable ; et cette pâleur n'est point celle
de la maladie ou du chagrin , elle indique la sagesse et la réflexion. En sa
présence mon père est aussi mille fois
mieux , il n'a point ce regard ou fier
ou soucieux , ni ce sourire forcé qui
contraste si fort quelquefois avec le
froncemement de ses sourcils : la sensibilité , la douce joie , la bienveillance
animent tous ses traits „ J'ai retrouvé
mon Alexandre „ disait maman. Oh!
Fédor , je te jure que tu ne connais
pas mon père, il est bon , il est sensible
à l'amitié ; mais comment veux-tu qu'il
se conduise avec cette foule méprisable qui rampe devant lui , et lui pro-
digue des adulations en le détestant

au fond de l'ame. Il ne l'ignore pas ,
il sait que tout le monde à la cour le
hait et se réjouirait de sa chûte ; à
présent il a trouvé quelqu'un qui l'aime , et il revient à son naturel ; sa
fierté se change en douceur , en affabilité ; ses soupçons en confiance ; il
renaît au soleil vivifiant de l'amitié ,
il se trouve heureux à côté d'un ami ,
et se sent plus sage et meilleur. J'espère tout de cette disposition et j'en-
visage cet excellent Brukenthal comme un bon ange envoyé par la providence pour protéger notre amour ; ma
mère m'assure qu'il a déja une ou deux
fois été sur le point d'obtenir de mon
père de quitter sa dangereuse place.
Oh ! s'il pouvait y parvenir ! Si mon
père rendu à lui-même pouvait consentir à te nommer son fils ! Adieu
Fédor , adieu mon unique bien.

H 6

L'ÉDITEUR.

MARIE n'exagérait pas sur le compte du père Brukenthal ; c'était un de ces hommes rares qui réfléchissent sur la vie, l'apprécient à sa juste valeur, et que l'expérience a rendus sages. Dans sa jeunesse il s'était lié avec Menzikof d'une intime amitié, elle avait soutenu la plus forte épreuve, celle de l'élévation prompte et inouie de l'un des deux. Menzikof devenu favori de Pierre le grand, avait fait nommer son ami aide de camp général. Brukenthal vint alors en Russie avec des vues ambitieuses, il voulait comme Menzikof s'élever, et la route était ouverte pour lui puisque l'empereur le connaissait et l'aimait ; mais il n'eut pas vécu trois mois à la cour qu'il en connût tout le danger, et qu'il eut horreur du métier de courtisan. Il parla à Menzikof, chercha à l'engager à renoncer, comme lui, aux honneurs, et à les échanger contre le bonheur d'une vie tranquille dans l'état de simple particulier. Menzikof ne voulut pas seulement l'écouter, mais Brukenthal persista à le prêcher au moins d'exemple, et à refuser tout grade supérieur. Les deux amis se disputaient souvent sur le but de la vie, et sur ce que l'homme appelle bonheur. Tu veux absolument t'élever, disait Brukenthal, et tu y parviendras parce que tu le veux sérieusement ; mais alors tu seras entouré d'ennemis, d'ennemis acharnés qui s'efforceront à te faire descendre, à t'anéantir s'ils le peuvent, et.... Oui, s'ils le peuvent, répondait Menzikof en souriant. Il comptait entièrement sur l'appui de l'Empereur auquel il deve-nait chaque jour plus nécessaire ; plus il s'élevait, et plus Brukenthal craignait sa chûte, et le pressait d'abandonner la carrière de l'ambition : il réussit à l'effrayer sur les dangers qu'il courait, et il l'engagea à placer des sommes considérables dans la banque de Venise; mais il ne put l'engager à prévenir sa chûte, & à quitter la carriere de l'am-bition ; tout ce qu'il put obtenir, fut la promesse qu'à la premiere disgrace, au premier dégoût qu'il éprouverait il se retirerait de la cour et suivrait son ami.

Peu de tems après Brukenthal eut l'espoir d'être à ce moment desiré; l'Empereur fit faire un examen de la conduite des courtisans et de leurs ra-pines, auquel présidait Bazile Dolgorouki. Menzikof fut atteint d'une manière si claire et si prouvée que l'Empereur même ne put le défendre, et qu'il fut près d'être complettement disgracié. Je suis perdu, dit-il un jour à Brukenthal, les Dolgorouki triomphent. — Tu es sauvé, lui répondit son ami en l'embrassant ; rappelle-toi ta promesse ; quand partons-nous ? Où allons nous ? Je suis à toi maintenant à la vie et à la mort. Menzikof pâlit, tergiversa, forma de nouveaux projets ambitieux, voulut employer l'intercession de l'Impératrice : Brukenthal insista pour qu'il tînt sa promesse ; Menzikof se fâcha, plaisanta, et finit par demander un délai. — Adieu donc, lui dit son ami, moi du moins je suis libre et je veux quitter ce dangereux séjour ; toi, continue à gravir avec mille peines le rocher aride de l'ambition ; après beaucoup d'efforts tu regagneras, j'en suis sûr, le terrein que tu viens de perdre ; tu monteras plus haut peut - être, mais ta chûte alors sera terrible, et tu regretteras le cœur sincère d'un ami auprès duquel tu pouvais trouver le vrai bonheur.

Brukenthal à cette époque reçut de l'Empereur l'ordre de conduire des recrues au roi de Prusse à Potzdam, il s'acquitta de cette commission ; mais en revenant il passa par Dantzig, et frappé d'un coup de la grace il entra dans un monastère, et y fit ses vœux. L'Empereur qui l'aimait et le regrettait, lui fit faire pendant son noviciat les propositions les plus avantageuses s'il voulait rentrer dans le monde, mais Brukenthal les refusa sans hésiter, se renferma dans son couvent, et Menzikof ne l'avait pas

revu depuis lors. Comme Brukenthal
l'avait prévu, l'Empereur rendit son
amitié à son favori, et après sa mort
l'Impératrice l'éleva plus haut encore ;
mais combien de fois ne pensa-t-il pas
qu'il auroit été plus heureux s'il avait
suivi le conseil de son ami? Dans
un moment de confiance il l'avoua à
sa femme. J'ai perdu Brukenthal par
ma faute, lui dit-il, si je l'avais suivi, il ne se serait pas fait moine, et
nous vivrions ensemble ; c'est le seul
homme qui m'aimât.

« Sais-tu pourquoi, lui repondit
la princesse? C'est qu'il n'avait point
d'ambition ; l'ambitieux ne sait pas
aimer ».

Lorsque Brukenthal revint après
une si longue séparation, toute la
sensibilité du prince Menzikof se ré-
veilla. Dès qu'ils furent seuls il serra

tendrement la main de son ami : M'aimes _tu encore, mon cher Brukenthal,
lui dit _il, malgré ces cruels vœux qui
te séparent du monde. — Mais non
pas de mon ami, lui répondit Brukenthal;
croyez, mon prince.........

Appelle _ moi Menzikof , tutoye
moi comme autrefois, je t'en conjure;
si tu veux que je croie que tu m'aimes
encore.

Eh ! bien, soit, mon cher Menzikof,
oui toujours aussi cher que jamais tu
me l'ayes été; rien ne m'appelle auprès de toi que le désir (qui ne m'a
pas quitté un instant dans ma retraite)
d'être ton ange gardien. Tu as rempli
l'univers de ton nom, tu es au faîte
de la gloire et des honneurs; que cela
te suffise; tu as gravi toutes les mar-
ches du chemin de l'ambition, il ne
t'en reste plus qu'une seule.........

Oui, Brukenthal ! s'écria Menzikof avec des yeux étincellans, oui tu dis bien, je n'ai plus qu'une marche à franchir ; je regarde ce mot de ta part comme un présage ; je la franchirai cette marche difficile dont toi-même as l'idée........

— *Brukenthal.* Oui, Menzikof, encore un seul pas, encore un effort de courage et d'ambition pour parvenir au bonheur ; et ce pas, et cet effort, c'est de descendre volontairement de la hauteur où tu es placé ; c'est de renoncer à cette vie agitée, tourmentée, pleine de soucis et de dégoûts ; c'est de résigner toutes tes dignités, et de te mettre en sûreté avec ta famille.

— *Menzikof.* Voilà le même langage que tu me tenais il y a douze ans, Brukenthal, je suis encore là cependant, et bien plus haut que tu

ne m'as laissé ; si je suis ébranlé, il
sera toujours tems de suivre tes timi-
des conseils, et de descendre doucement sans être renversé.

— *Brukenthal.* Pauvre Menzikof!
tes succès t'enivrent, et tu ne vois
pas les précipices qui t'entourent. Oui,
j'en conviens, ta gloire est à son
comble, tu gouvernes toutes les Russies, la moitié du globe tremble à ton
nom, les plus puissans monarques bri-
guent ta bienveillance ; cependant ainsi
que le plus pauvre des hommes tu n'es
maître que du moment présent, celui
qui suit ne t'appartient pas, il appartient au destin qui se rit de toutes
les grandeurs humaines, et de tous
les projets des mortels, « Il sera toujours tems » dis-tu ; l'être le plus indépendant, le monarque le plus puissant, ne devrait pas le dire. Et toi,

insensé, toi le plus dépendant des hommes, toi dont le sort tient à la vie ou au caprice d'une femme, toi dont des milliers d'êtres désirent la chûte.........

— *Menzikof.* Oui, je le sais, et voilà pourquoi je dois rester ; faut-il leur céder par ma retraite un triomphe aussi facile ? Si j'abandonne la faveur de l'Impératrice, quelqu'autre courtisan moins pusillanime prendra bientôt ma place, s'emparera de sa confiance, et je serai perdu ; que me restera-t-il alors ?

— *Brukenthal.* Ta femme, tes enfans, ton ami, ta tranquillité, et tes trésors à Venise ; et cette belle Italie qui sera ta nouvelle patrie.

Ma patrie, dit Menzikof d'un air sombre, n'est que là où je puis dominer.

— *Bruckenthal.* Que dis-tu, mal-

heureux? Quelle est donc cette marche
qui te reste à franchir?

— *Menzikof.* Oh ! Brukenthal, ne
me regarde pas avec cet air d'effroi....
Ce n'est pas un crime que je médite,
ne crois pas que je veuille rien entre-
prendre que ta sévère vertu ne puisse
approuver, oserais-je autrement te
nommer mon ami ? Tu sauras tout,
mais non pas à présent, il faut que
mon cœur soit plus tranquille. Cher
Brukenthal, je t'aime, tu le sais,
et il faut bien que tu me sois aussi
cher pour que je puisse même t'écouter ; je devrais te fuir comme mon plus
terrible ennemi, tu me mets en opposition avec moi-même, tu jettes dans
mon ame le trouble et la crainte, tu
es trop pusillanime ; ne saurais-tu donc
jamais me présager que du malheur ?

— *Brukenthal.* Peux-tu me croire

trop pusillanime, Alexandre, toi qui m'as vu mille fois braver la mort et combattre à tes côtés. Penses-tu que ce soit la crainte d'une disgrace qui m'a fait prendre cet habit? celui qui n'a pas besoin de flatteurs ne craint pas de perdre sa place. Menzikof, il te serait permis peut-être de hasarder ta vie, tu en as joui ; mais tu es père et tu dois te conserver pour tes enfans ; tu dois le bonheur aux êtres à qui tu as donné la vie, et peut-être n'as-tu que ce moment.

— Langage de prêtre, dit Menzikof avec impatience, le sort te créa pour la vie monastique, moi pour celle de courtisan ; suivons chacun notre destinée.

Cet entretien fut interrompu et ne se renoua plus. Le père Brukenthal vivait dans le palais Menzikof com-

me un ami intime de toute la famille,
et chaque jour il faisait plus de pro-
grès dans la confiance de tous les
individus qui la composaient. Le prince
paraissait avoir changé de caractère
depuis que son cœur s'était r'ouvert à
l'amitié ; il était tendre avec sa femme et ses filles , doux avec ses domes-
tiques , affable avec tous ceux qui
avaient à lui parler. Cette manière
augmenta l'espoir de Marie , elle saisit
le premier moment où elle put être
seule avec le père Brukenthal et lui
fit la confidence de son amour pour
Fédor Dolgorouki....... Ah ! dit Brukenthal en secouant la tête, pourquoi
porte-t-il ce nom là ; il chercha ensuite à convaincre doucement Marie
que son attachementt n'aurait jamais
l'approbation du prince Menzikof. Votre père, lui dit-il , a toujours été en
opposition

opposition avec les Dolgorouki , et
de plus il en a essuyé en mille occa-
sions les plus mauvais procédés. Vous
croiez , mon enfant , que votre amour ,
votre union pourrait réconcilier vos
familles ; vaine erreur ; lorsque la haine
est mêlée de crainte et d'envie , jamais
elle ne s'éteint. Votre père hait les
Dolgorouki et il les craint ; ils hais-
sent votre père et envient son pouvoir. Ah! ma chère Marie , je vous
le dis avec douleur , renoncez à votre
espoir , et s'il se peut à votre amour.

Oui, bien à l'espoir , répondit en soupirant la triste Marie , mais jamais à
l'amour. Le père Brukenthal préten-
dait que c'était à peu près la même
chose et qu'il suffisait pour cela d'une
ferme volonté « vous deviez , Marie ,
étouffer cet amour au moment où vous
entendites le nom de Dolgorouki ".

Tome I.   I

— *Marie.* L'étouffer, mon père !.... je crois que vous n'avez jamais aimé ?......

— *Brukenthal.* Non, je l'avoue, je ne connais pas l'amour ; l'ambition dans ma jeunesse, l'amitié toute ma vie, ont occupé et rempli mon cœur ; mais je sais ce dont est capable celui qui veut sincèrement le bien, et la fille d'une mère comme la vôtre doit vouloir le bien, et l'exécuter malgré sa passion. Marie rougit, puis elle dit avec une noble fermeté : C'est parce que je veux ce qui est bien, c'est parce que j'aime la vertu, que je dois aimer Fédor Dolgorouki ; s'il n'était pas le plus vertueux des hommes, si nous *étions* esclaves de notre passion, nous *serions* à présent unis pour jamais.

— Comment cela serait-il possible ? Alors Marie lui raconta les *dispo-*

sitions de Sapieha pour leur fuite, et
le motif qui les avait empêché de partir. Brukenthal en fût touché ; il demanda à voir les lettres de Fédor ,
et celles de Sophie ; il les lût et dit
ensuite..... Non , je ne connaissais pas
l'amour. Il parla à la mère de Marie ,
et s'offrit de tout tenter auprès de
Menzikof pour l'engager à consentir
au bonheur de sa fille. La princesse
l'embrassa avec l'expression de la plus
vive reconnaissance ; Marie se laissa
tomber à ses pieds sans pouvoir prononcer autre chose que « mon ange
tutélaire, mon bienfaiteur". — Je voudrais mériter ces titres, et sur-tout
celui de votre ami , lui dit le père ,
mais je ne puis vous dissimuler que
j'espère peu ; Menzikof m'aime certainement, mais jamais il n'a suivi aucun de mes conseils quand il n'y voyait

pas son avantage. Je veux essaier de
le convaincre que cette union lui serait avantageuse. A ces mots il les
quitta pour se préparer à l'entretien
qu'il voulait avoir avec son ami. Marie alla communiquer au sien cette
nouvelle espérance ; et sa mère faire
des prières au ciel pour qu'elle fut
réalisée. Elle desirait d'autant plus le
mariage de sa fille avec Fédor qu'elle
prévoiait le moment où ils auraient
tous besoin de son crédit ; l'Impératrice ne témoignait plus la même pré-
dilection pour le prince Menzikof, et
lui-même au lieu de chercher à rega-
gner sa faveur, s'éloignait d'elle, et
se rapprochait du jeune grand duc,
qu'il ne quittait plus. Cette conduite,
qui devait naturellement déplaire à
'Impératrice , donnait beaucoup de
prise à ses ennemis pour le perdre.

La princesse savait qu'il y avait un complot formé contre lui, à la tête duquel était son beau-frère le comte Devier, dont le seul but, le seul desir était de le perdre ; tout le monde prévoiait sa chûte prochaine et s'en réjouissait. Dans cet état de choses une alliance avec les Dolgorouki paraissait avec raison à la princesse et au père Brukenthal, un moyen de diminuer le nombre de ses ennemis, et de conserver sa puissance.

Le père alla donc chercher son ambitieux ami ; il le trouva dans son cabinet, sombre et rêveur. — Qu'as-tu donc, Menzikof, lui dit-il après l'avoir observé quelque tems en silence ? L'heureux favori de la fortune, le puissant Menzikof, devrait-il être aussi préoccupé, je dirais même aussi triste ?

— *Menzikof.* Tu as raison, Bru-

kenthal, j'aurais tort de m'inquiéter;
mais il y a des momens où je pense
à l'avenir, à ce rôle fatiguant quoique brillant, qui va bientôt finir.

— *Brukenthal.* Tu m'effrayes. Ta
femme avait donc raison en me disant
qu'il était trop tard.

— *Menzikof.* Trop tard, dis-tu; ma
femme pense donc?..... Je ne parlais
moi que de la mort. Je pensais que
peut-être je n'avais plus longtems à
vivre; les soucis de toute espèce, cette
cruelle gêne, ces efforts continuels sur
moi-même pour paraître calme quand
je suis dévoré d'inquiétude, amical
avec ceux que je déteste; mes jours
sans repos, mes nuits sans sommeil,
ont avancé pour moi la vieillesse; mes
forces morales sont usées, je ne puis
plus me conduire comme je le devrais
peut-être.... Il se leva et se promena

les bras croisés et la tête baissée. Son
ami le regardait : Menzikof, lui dit-il,
jamais dans mes momens les plus sé-
vères , je ne t'ai rien dit de si fort
contre le malheur de l'ambitieux que
ce que tu viens de prononcer toi-même, appelles-tu cet état le bonheur?

Menzikof ne répondit pas, il était
absorbé dans ses pensées.... Que te
disait donc ma femme , s'écria-t-il
tout-à-coup en s'arrêtant devant Bru-
kental ? Qu'est-ce qu'elle craint ? En
quoi trouves-tu qu'elle ait raison ?

— Elle craint que tes ennemis ne
deviennent trop puissans , et ne triomphent enfin de toi ; elle a pour prévenir ce malheur une idée qui m'a
paru bonne, tu devrais mettre dans
tes intérêts quelqu'un d'entr'eux , te
lier étroitement avec le comte Devier
par exemple.

I 4

Avec celui là , jamais , dit le prince vivement, ne saurait-elle nommer que mon plus cruel ennemi ; cet homme qui n'a cessé de m'abreuver d'humiliation , qui m'a forcé à lui donner ma sœur. Brukenthal, tu le sais , te rappelles-tu ce moment affreux où en présence de toute la cour l'Empereur m'ordonna d'un ton railleur d'accompagner ma sœur à l'autel et de l'unir à cet homme odieux. Si je ne me venge pas de Devier je croirai n'avoir pas assez vécu..... Non ! non ! je me reconcilierais avec tout le monde , avec les Dolgorouki même , plutôt qu'avec Devier.

— *Brukenthal.* Eh ! bien donc avec les Dolgorouki , et peut-être en effet cela vaut-il mieux , le crédit et la considération de cette famille étant si bien assurés..... Et si le hasard et ton bonheur t'avaient fourni un moyen d'opérer cette réconciliation !

— *Menzikof.* Un moyen...... et lequel ?..... dis - le moi....

— *Brukenthal.* Ta fille aînée , Marie, aime un jeune homme de cette famille , tu la rendrais heureuse en même tems que.....

— *Menzikof.* Ma fille aime un Dolgorouki ! ah Dieu ! et lequel d'entre la foule je te prie ? Ivan ? Alexis.

— *Brukenthal.* Le fils aîné de Loukisch , Fédor.

— *Menzikof.* Ah ! le beau Fédor , sa famille avait pour lui de grandes espérances ; il a débuté d'une manière brillante , une victoire en Perse : une figure charmante , de l'esprit , de la fierté..... Ah ! c'est donc celui là...... Je commence à comprendre à présent pourquoi il a disparu tout-à-coup de la cour ; s'est séparé de son père, de ses oncles , a refusé de retourner en Perse, se soustrait à l'autorité de sa famille , et passe sa vie à la campagne dans une retraite philosophique. Ce serait donc pour séduire le cœur sans défiance de ma fille qu'on lui fait jouer cette comédie. Ce plan des Dolgorouki n'est point mal calculé pour contrarier les miens, il est très-fin , très-profond..... Une jeune fille bien amoureuse, une bonne mère qui la soutient , un tendre ami qui devient son avocat ; avec tous ces moyens on fait voir bien du chemin à un imbécile père.

— *Brukenthal.* Faut-il donc toujours, Menzikof, que tu supposes des projets ambitieux ; l'amour seul a tout fait et tu en profiteras si tu es sage. Est-il donc si extraordinaire que deux jeunes gens charmans tous les deux s'aiment l'un l'autre ? Car tu conviens

qu'ils sont aimables. Tu vois une com-
binaison politique dans ce qui n'est
que l'affaire du hasard.

— *Menzikof*. L'effet du hasard qui
place l'amour.... où il ne doit y avoir que
de la haine.... à peine se connaissent-ils.

Brukenthal alors raconta au prince
comment Marie et Fédor s'étaient rencontrés ; et dans chaque circonstance
de cette rencontre, même dans l'i-
nondation qui en avait été la cause,
Menzikof s'obstinait à voir une ruse
préméditée de la part des Dolgorouki.
— Eh bien, en supposant même que
tu aies raison, dit Brukenthal, cela te
prouve au moins leur desir de s'allier
à toi. Menzikof sourit avec amertume ;
je les connais, dit - il, ce sont des
filets qu'on me tend, mais quand ils
seraient sincères..... Tiens, lis ces papiers, apprends mon plan favori ; le

but de toutes mes pensées, de toutes mes actions, de mon existence, le secret de mon ame.

— Brukenthal prit les papiers, les parcourut l'un après l'autre : en effet, dit-il, en les posant sur le bureau, l'amour de ta fille est un obstacle à ce que je viens de lire. C'est donc là ce que tu appelles le but de ton existence; tu avais donc déja lorsque je te quittai il y a douze ans, le projet de faire de ta fille Marie une Impératrice ? Voilà donc le motif de la joie que tu me montrais d'être père d'une fille plutôt que d'un fils, sentiment qui me surprenait alors, et que je ne savais comment expliquer; ton insatiable ambition ne sera donc satisfaite que lorsque tu te verras le beau père du Czar !

— *Menzikof.* Tu te ris de moi,

Brukenthal ; mais que trouves-tu donc
de si extraordinaire dans ce projet ?
L'Impératrice est très-malade, sa mort
s'approche, la cour de Vienne, comme tu viens de le voir dans ces papiers, sert mes projets et doit les
soutenir. Que serait le grand Duc sans
moi ? Un faible enfant livré aux fac-
tieux, dont le plus vil courtisan s'em-
parerait ; Marie saura le diriger et
règner sous son nom ; n'est-elle pas
digne du trône par sa beauté, par son
esprit ? Est-ce donc la première fois
qu'un souverain aura épousé la fille
d'un de ses sujets ? Qu'était donc
Cathérine elle-même ?

— *Brukenthal.* Fort bien, Menzikof, tout te favorise, et les Dolgorouki agiraient comme toi avec les
mêmes moyens ; je n'en doute pas, si
tu fais monter le grand Duc sur le

trône, avec qui pourra-t-il le partager
si ce n'est avec ta fille ? La maison d'Autriche doit seconder ton plan
de toute sa puissance puisque le grand
Duc est issu de son sang et qu'il importe à ses intérêts politiques que ce
soit lui qui règne ou soit censé régner
car dans le fait c'est toi seul qui gou-
verneras l'Empire au nom du jeune
Czar à peine sorti de l'enfance. Ta
fille sera malheureuse , mais qu'importe que Marie soit sacrifiée pourvu
que son père gouverne ?..... Ah! Menzikof ! Menzikof ! ton projet est brillant sans doute, il peut séduire un ambitieux, mais un souffle peut renverser
ce superbe édifice que tu bâtis depuis
tant d'années , depuis le jour de la naissance de ton illustre gendre , puisque
c'était déja ton espoir quand je te quittai ; mais es-tu sûr que cet enfant

qui ne sait pas encore ce que c'est
que d'aimer, aimera ta fille ; belle,
charmante sans doute, mais plus âgée
que lui de cinq ou six années ; et jusqu'au tems où il sera possible de couronner cet amour, combien peut-il
arriver de choses ? Un caprice, une
maladie, un instant d'humeur ne peuvent-ils pas te perdre ? Mais qui sait
ce que ton insatiable ambition médite
encore.

— *Menzikof* « Brukentahl tu m'of-
fenses, je ne veux que ce qui est la
justice même, faire monter sur le
trône le souverain légitime.

— *Brukenthal.* « Fort bien ! mets
la main sur ta concience ; si tu savais
que le premier acte du règne du jeune
Empereur serait de te dépouiller de
tes emplois et de ton autorité, le
mettrais-tu sur le trône parce qu'il
lui appartient ?

— *Menzikof* « Devrais-je le faire,
et le ferais-tu à ma place ?

— *Brukenthal* « Je le mettrais sur
le trône parce que la justice et la vertu
me l'ordonneraient ; mais en obéis-
sant à ce devoir je serais loin d'être
tranquille. L'Empereur ne sera pas
toujours un enfant, il sentira bientôt
que l'homme assez puissant pour lui
avoir mis la couronne sur la tête,
peut aussi la lui ôter. Crois-tu qu'il
aime longtems un homme aussi dangereux et qu'il ne l'immole pas à sa
sûreté ? La famille Impériale te craint,
les grands de l'Empire te détestent,
tes richesses énormes excitent la jalousie et la cupidité de tous ceux qui auraient l'espoir de se les partager après
ta chûte. On supporte l'autorité d'un
maître que la naissance et le sort a
placé au-dessus de nous, mais non

pas celle d'un égal, ou d'un inférieur.
Et toi, Menzikof, toi....... ah! comment peux-tu te flatter de résister à
cette masse d'ennemis?

— *Menzikof.* Quand je verrai approcher l'orage il sera tems de l'éviter en me retirant.

— *Brukenthal* „ Tu le crois ; Eh !
peux-tu commander à l'avenir le moment où ton sort sera décidé, comme
au courtisan qui attend humblement
tes ordres dans ton antichambre. Menzikof! tu es sur un volcan, la terre
tremble sous tes pas, et tu veux y
construire encore un nouvel édifice ;
ta fille aime Fédor Dolgorouki, et ton
intérêt te commande de consentir à
son bonheur ; cette famille noble et
puissante assurerait ton existence.

— *Menzikof* „ Un Dolgorouki !....
Et ce serait donc pour cela seulement

que j'aurais tant travaillé, que j'aurais chargé ma conscience de remords, renoncé à toutes les jouissances de la vie, pour n'être que le beau-père d'un Dolgorouki !

— *Brukenthal.* Menzikof, les tems sont bien changés ; aurais-tu osé songer seulement à cette alliance lors-que l'Empereur te tira du néant ?

— *Menzikof.* Oui les tems sont changés, et je croirais rentrer dans ce néant dont tu me parles, si je n'avais pas la noble ambition de m'élever au-des-sus des Dolgorouki autant qu'ils étaient alors au-dessus de moi. Non, non, ne me parle plus de ce mariage, ni de me retirer de la cour ; ce bonheur d'une vie tranquille et solitaire n'est pas le bonheur pour moi...... n'être plus rien après avoir tout été, descen-dre lorsque je puis m'élever encore, non , Brukenthal , c'est impossible.

— *Brukenthal.* « Tu te trompes , Menzikof! Sans doute tu ne seras plus rien après une disgrace , mais si tu la préviens , si tu te retires volontairement, l'éclat de ton nom , ta reputation, tes honneurs , te suivraient partout; où que tu ailles dans l'Europe, tu seras reçu de manière à satisfaire ton ambition , et comme tu ne seras plus craint , plus envié , tu seras peut-être aimé ".

— *Menzikof.* « Non te dis - je ; c'est impossible; lors même que je voudrais suivre ton conseil je ne le pourrais plus, la cour de Vienne est intéressée à l'exécution de mon plan , tu viens de voir que je me suis engagé de la maniere la plus positive , à l'executer , je serois perdu si j'abandonnais la partie, si je me retirais.

— *Brukenthal.* « Eh ! bien reste jusqu'à ce que tu aies posé la couronne sur la tête du jeune grand duc, ensuite retire-toi avec ta famille et tes richesses, elles suffiront encore pour unir Marie à celui qu'elle aime, et tu prouveras au moins que tu n'agis que par la conviction de ton devoir, et non pour ton intérêt ».

— *Menzikof.* « Penses-tu donc qu'on croiroit ce désintéressement sincère si je refusais la récompense qui doit être le prix de mes services ? La cour de Vienne se défieroit dès qu'elle verrait ma fille mariée à un autre ; elle me trahirait, me dénonceroit à l'Impératrice, et je serais perdu ».

— *Brukenthal.* « Eh bien, promets moi du moins que si ton projet échoue par quelque évènement inattendu, si le grand Duc n'aime pas ta fille, ne

l'épouse pas, ou si tu changes d'avis,
tu la laisseras libre de disposer de sa
main, promets-le moi ".

— *Menzikof* « Tu me tourmentes,
Brukenthal, tu sembles prendre plaisir à augmenter impitoyablement mes
inquiétudes ; n'en ai-je pas assez à
supporter ? Je suis père, je chéris
mes enfans ; si je n'étais qu'un simple
particulier, l'inclination de ma fille
serait une affaire importante pour moi,
je sacrifierais mes goûts au sien, mon
bonheur serait de la rendre heureuse ;
mais dans la position où je suis je
n'ai pas le tems de m'occuper des jeux
qu'enfante l'oisivité ; et l'amour est-
il autre chose ? Le sort, ou mon génie
m'ont élevé au second rang, il faut
que mes enfans profitent de cette élévation pour s'élever plus encore ; ils
sont nés pour gouverner, l'amour ne

doit-être pour eux qu'une flamme
passagère qui s'éteint devant une noble
ambition. Dis cela à Marie, dis lui que
je lui permets une préférence que j'aurai l'air d'ignorer ; mais non pas un
attachement. Fédor lui-même sentira
que c'est une folie, et qu'il est impossible qu'il obtienne la main de ma
fille ; il y renoncera, à moins que ce
ne soit comme je le soupçonne un
plan tracé par sa famille pour me
déjouer. Et toi, Brukenthal, au nom
de notre ancienne amitié, je te demande, j'exige de toi de ne plus me
parler de cette folie. Tu dois sentir
que je ne renoncerai pas à un projet
formé depuis douze ans ; que je ne
preparerai pas ma chûte de ma propre main pour satisfaire la fantaisie d'un
enfant, qui passera d'elle-même au bout
de quelques mois.

Adieu donc, Menzikof, dit Brukenthal froidement, je ne veux pas
être le témoin des malheurs que je
prévois; je te plains et je retourne
à mon couvent prier pour toi l'Être
suprême; puisque l'amitié n'a rien pu
obtenir, il n'y a que Dieu qui puisse
amollir ton cœur........ Un seul mot
encore avant de te quitter, Marie ne
connaît pas plus l'ambition que tu ne
connais l'amour. Ce trône que tu lui
destines sera pour elle l'autel où tu
la sacrifies; tu risques ta vie pour
l'ambition, et si Marie donnait la
sienne pour l'amour?

Menzikof réfléchit un instant; la
tendresse, la crainte paternelle se
peignirent sur sa physionomie. Brukenthal qui le fixait, commençait à
espérer; mais bientôt le front de l'ambitieux s'obscurcit de nouveau, bien-

tôt l'indignation se peignit dans son regard ; il s'était rappelé l'époque de sa vie qui lui faisait le plus de peine, celle où le comte Devier, amoureux de sa sœur et protégé par l'Empereur lui-même, l'avait forcé à la lui donner en mariage : J'espère, Brukenthal, lui dit-il d'une voix altérée, j'espère que ce jeune téméraire n'osera pas...... qu'il prenne garde à lui. Tu sais tout à présent, Brukenthal, tu peux dire à ma fille qu'il m'est impossible de lui permettre la moindre rélation avec un homme quelconque ; mais garde le silence le plus absolu sur mes plans, tu vois qu'ils sont irrévocablement arrêtés ; un sort irrésistible m'entraîne.

— *Brukenthal.* « Vous appellez sort, et même volonté divine, les suggestions de vos passions. Adieu Menzikof, souviens-toi que je t'ai averti.

— *Menzikof.*

— *Menzikof.* « C'est ce que tu fais
sans cesse depuis douze ans , continue
de même douze ans encore , alors je
t'écouterai.

Le père Brukenthal alla trouver
Marie qui l'attendait avec une impatience mêlée de crainte : — Eh bien !
dit-elle dès qu'elle l'apperçut que dit
mon père ?

— *Brukenthal.* „ Bannissez tout
espoir , Princesse Marie ; votre père
exige de vous ce sacrifice , et d'après
ce que je sais il doit l'exiger , il suit
à son caractère et la nécessité le lui
commande.

— *Marie.* « La nécessité ! mon père
peut tout m'interdire , excepté d'aimer Fédor ; nos cœurs sont unis par
un lien indissoluble........ lui avez-vous
dit que..........

— *Brukenthal.* « Tout, Marie , et

Tome I.   K

je vous dis à vous que si vous persistez dans cette inutile passion, vous attirerez l'orage qui vous menace ; le bonheur de votre père exige ce sacrifice, vous ne devez pas être un obstacle à son bonheur.

— *Marie* « Ai-je encore un père puis qu'il compte pour rien le bonheur de sa fille ?

— *Brukenthal.* « Quand cela serait vrai, quand il n'aurait plus pour vous des sentimens de père, seriez-vous autorisée à renoncer à ceux de fille ? Mais vous vous trompez ; Menzikof vous aime, il gémit de cette nécessité qui le force à vous affliger ; mais il croit que cette affliction se dissipera aussi vite que votre amour. Est-il juste, Marie, que votre père renonce au but de toute l'activité de sa vie, au fruit de toutes ses peines, pour obtenir de

vous un serrement de main, un doux
sourire, pour vous voir au bonheur
parfait, pendant quelques mois ?

— *Marie.* „ Est-ce bien là le langage d'un homme que j'ai cru mon ami ?

— *Brukenthal.* „ L'amitié ne doit-
elle se prouver que par la flatterie ?
Je veux que votre amour pour Fédor
soit aussi fort, aussi pur, aussi sublime qu'il est possible ; tout ce que
vous alléguerez en sa faveur pourrait
servir aussi à justifier la folle passion
de toute autre jeune fille rebelle aux
volontés de ses parens. Comment me
prouverez-vous que la vôtre vaille
mieux, soit plus excusable ; serait-ce
parce que votre amant est à vos yeux
plus aimable, plus beau que tout autre homme ? Toute jeune fille voit ainsi
celui qu'elle aime. Vous blâmez inté-
rieurement votre père de ce qu'il se

laisse dominer par l'ambition, et cependant vous voulez opposer à cette passion une passion tout aussi violente; laquelle doit céder à l'autre ? Lequel doit obéir d'un père ou de sa fille ? A présent, princesse Marie, je vais vous parler pour votre propre intérêt; vous paraissez, à ce que j'ai pu comprendre, fortement occupée de l'idée de fuir avec votre amant, si vous n'avez pas d'autre moyen de vous unir. J'ai vu, je vois encore au fond de votre cœur le regret de n'y avoir pas consenti, puisque vous auriez eu l'aveu de votre mère, et vous ne résisterez pas à la première occasion; mais avez-vous bien pensé à la puissance de votre père; il pourrait, soyez en sûre, atteindre votre ravisseur dans les lieux les plus cachés, et vous arracher de ses bras ; sans doute vous trouveriez

encore chez lui le cœur d'un père ;
mais votre généreux ami , l'aimable
Fédor, serait la victime dévouée. Vous ,
la fille de l'illustre Menzikof, du vrai
maître de ce vaste empire , comment
pouvez-vous espérer de vous dérober
aux regards des milliers de ses servi-
teurs soldés dans tous les pays , et d'é-
chapper aux perquisitions de la simple
curiosité ? Quel gouvernement refuse-
rait à cet homme si puissant de lui rendre sa fille , et d'arrêter celui qui la
lui enléve. Et c'est ainsi , Marie , que
pour satisfaire votre passion , vous pro-
digueriez la vie de ce jeune homme que
vous dites vous-même , doué de toutes
les vertus.... Vous pâlissez ! oui je vous
le répète , votre père se vengerait ,
et bien cruellement ; rappellez-vous
seulement quelle haine invétérée il a
nourri pour votre oncle , le comte De-

vier, parce qu'en épousant malgré lui sa
sœur, il dérangea un de ses projets. Et
vous, Marie, votre fuite, votre union
avec un Dolgorouki détruirait à jamais
le plan le plus grand qu'il ait formé,
celui dont il a le plus desiré l'exécution..... Encore une fois renoncez à
toute espérance, surmontez votre passion; c'est le repos de toute votre famille ; c'est l'intêret de Fédor qui
l'exigent.

Marie avait écouté tous les raisonne-
mens du père Brukenthal les yeux bais-
sés et en silence, elle dit alors seulement et d'une voix temblante ; vous
croyez donc que je ferais le malheur
de mon ami, si.....

— *Brukenthal.* „ Oui , si vous con-
servez avec lui la moindre rélation ;
si vous voulez vous opposer le moins
du monde à la volonté de votre père ;

considérez encore que vous lui four-
nissez un prétexte de plus de haïr,
d'offenser les Dolgorouki. Là lutte entre les deux maisons n'est pas encore
décidée ; voudriez vous être la cause
que votre père succombât ?

A chaque seconde Marie devenait
plus calme : Vous pouvez, dit-elle avec
un sourire angélique, assurer mon
père que je ne fuirai pas ; il nous reste
un autre moyen de réunion moins dangereux, plus sûr, et qu'il ne dépend
pas des hommes de nous ôter. Le père
Brukenthal l'embrassa tendrement, et
partit pour son couvent, la tristesse
et l'inquiétude dans le cœur. Marie
écrivit à Fédor.

LETTRE XIII.

Marie à Fédor.

Pétersbourg . . . Décembre 1726.

JE t'écris, mon Fédor, avec le sentiment profond que je t'aimerai éternellement, pour t'apprendre que tout espoir est perdu pour nous, excepté
celui que nous trouverons toujours dans
nos cœurs. Tu me disais une fois que
que l'homme vraiment vertueux est
indépendant des autres hommes; hélas !
ce sont cependant les folies, les passions humaines qui anéantissent notre
bonheur, qui séparent avec violence
deux cœurs unis par l'amour et la vertu;
le pourraient-ils si nous n'étions pas dans
leur dépendance ? Tout me paraissait

si facile, j'étais si fermement persuadée
de la bonté de mon père, ou du calme
avec lequel je supporterais sa résistan-
ce, j'étais si décidée à tout braver pour
être à toi, Fédor ! mais le père Brukenthal a déchiré sans pitié le voile
épais dont l'amour, et ma trop grande
confiance avaient couvert mes yeux.
Mon père est inflexible, son ami lui
a tout dit ; il a ri de notre amour, il
l'a traité de folie enfantine, et il exige de moi une obéissance complette.
Tu n'obtiendras jamais ma main, Fédor, tel est l'arrêt qu'il a prononcé,
il la destinée à un autre qu'il n'a point
nommé. Je souris lorsque Brukenthal me
le dit. Qui pourrra, lui dis-je, me forcer
à la donner ? Votre amour même pour
Fédor, m'a-t-il répondu avec un regard
terrible et d'un ton menaçant ; songez à
la puissance de votre père, à ses moyens

K 5

de vengeance , à sa haine pour les Dolgorouki ; votre amant serait la victime de votre désobéissance. Je souriais encore, Fédor , je pensais alors à la mer , à la Suisse , au yacht de ton ami ; mais on aurait dit que le père lisait dans ma pensée, il m'ôta encore cette douce chimère. Oh ! Fédor, il n'a que trop raison, où pourrions-nous nous refugier ? Où est-ce que le pouvoir de mon père ne nous atteindrait pas ? Oh ! Fédor, où pourrais-tu rester inconnu ? Sous les habits les plus grossiers, ta figure si distinguée, ton regard si fier , la noblesse de tes manières te trahiraient bientôt ; partout où nous irions la puissance du prince Menzikof nous poursuivrait comme un spectre menaçant ; dans quel pays refuserait-on de nous livrer à lui ? Et quand tu serais entre ses mains, oh !

Fédor, mon père ne pardonne pas ;
c'est toi, toi qui serais la victime.
Interroge ton propre cœur, que ferais-
tu si c'était moi dont la vie fut en
danger ! Non, non, j'ai perdu toute
espérance. Je t'aimerai éternellement,
je te serai toujours fidelle, aucune
puissance ne pourra détacher mon
cœur du tien, c'est là, Fédor, où finit
le pouvoir même de mon père. Reçois
encore mon serment ; quoique tu me
voies faire, quoiqu'on puisse te dire,
ne doute pas de ta Marie ; il est si
facile à mon père d'empêcher que tu
ne reçoives mes lettres, que les miennes
ne te parviennent ; mais quelques soient
en apparence mes actions, je te serai
toujours fidelle, n'aye aucun doute,
pas même si tu apprenais que je vais
devant l'autel avec un autre homme ;
là en présence de Dieu et des mortels

je saurai encore me conserver à toi,
dussai-je perdre la vie. Continue à m'é-
crire et donne tes lettres à Sophie, re-
mets les toi-même entre ses mains, elle
nous est dévouée, car elle connaît le
fonds de nos cœurs et de nos sentimens.

Brukenthal m'a dit vrai, mon père
est inflexible, je viens de lui parler
moi même; il est entré dans la chambre
de ma mère; nous étions auprès d'elle
Sophie et moi, occupées à broder une
robe pour le jour de naissance de ma
sœur qui sera dans huit jours. Ton
jour de naissance, Marie, sera huit jours
plus tard, m'a dit mon père en souriant;
je voudrais te voir avec un visage plus
serein. Mes yeux se remplirent de larmes; il jeta sur ma mère un regard
courroucé, et lui dit avec amertume;
je ne puis souffrir de l'humeur chez
une jeune personne. Je m'efforçai
de prendre un air plus riant; il con-

tinua d'un ton très-dur mêlé d'une
amére ironic : „ Je vous dérange sans
„ doute , dit-il en s'adressant toujours
„ à ma mère , je suppose que vous
„ étiez occupée à concerter des plans
„ avec mme· Rocáles pour tromper un
„ père dénaturé , et prendre sous votre
„ protection les caprices d'un enfant. Je
„ veux bien tolérer cette comédie , ce
„ drame , ce roman, jusqu'à ton jour de
„ naisssance , Marie. Encore quinze
„ jours d'enfance , mais pas davantage ,
„ tu entreras dans ta dix-septième an-
„ née , il est tems d'être raisonnable ".
Je soupirai ; maman repliqua avec douceur :

— Tu veux parler sans doute , mon
cher ami, de l'inclination de Marie pour
le jeune Dolgorouki ; des circonstances
si singulieres l'ont amenée !

— Oui très singulieres en effet , la

folie d'une mère trop indulgente, et
la coupable complaisance d'une gouvernante trop facile.

— Tu sais, cher Alexandre, dit maman
toujours avec la même douceur, que
le cœur de notre Marie ne reçoit pas
facilement des impressions subites ;
j'ose dire devant cet chère et bonne
enfant, que sa raison a toujours dévancé son âge. J'ai donc cru, je l'a-
voue, que la providence elle-même
dirigeait son choix sur cet excellent
jeune homme, oui excellent, quoiqu'il s'appelle Dolgorouki. Mais je te
jure que Marie l'ignorait lorsqu'elle
fit connaissance avec lui, et qu'ils
s'attachèrent l'un à l'autre par un
coup surprenant de sympathie.

— De sympathie ! quelle extrava-
gance ! jeter ainsi son cœur à la tête
du premier venu, sans savoir même

son nom....... Je veux bien en attendant regarder toute cette affaire comme
un badinage ; mais je vous conseille
de le terminer, car si je pouvais croire
que ce fut sérieux (ses yeux s'enflam-
mèrent à ces mots) prenez garde que
je ne sois obligé d'être sévère. Je vous
déclare que quand ce jeune homme
serait le modèle de toutes les vertus,
quand même il ne s'appellerait pas
Dolgorouki , une union entre lui et
Marie ne peut jamais avoir lieu. Je
sais , madame Rocales, dit-il en se
tournant du côté de Sophie, qu'il a
été chez vous à Ronnebourg, que
vous avez eu la faiblesse de favoriser à mon insu la folie de ces jeunes
gens, je sais même qu'il a été en secret
ici dans mon palais, et que ma femme la su....... Il faut au moins qu'il
ait de la témérité puisqu'il ne craint

pas le prince Menzikof; mais à l'avenir, Marie, j'interdis absolument et ses visites et toute correspondance avec lui. Jusqu'à présent tu n'as connu que ma tendresse, ne me force pas à te faire éprouver ma colère. Et ce jeune homme, s'il est vrai qu'il te soit cher, tremble pour lui; ma vengeance serait terrible si jamais il laissait entrevoir seulement par un signe que tu l'as préféré, il payerait cette indiscrette vanité de sa vie.

Fédor, ses regards et ses paroles devenaient si terribles que ma mère et Sophie tremblaient; mais moi, comme par un miracle, je sentis tout-à-coup un calme intérieur s'établir dans mon ame, je relevai les yeux sur mon père et je pus lui dire avec sang-froid. « Il ne sera plus jamais question de cette passion malheureuse, je vous le promets mon père ».

Il me regarda d'un œil sombre :
N'espére pas me tromper , Marie ,
me dit - il ; tu le pourrais peut - être
pendant quelque tems ; mais tu en
serais cruellement punie , et ton amant
plus encore ; en disant ces mots il
sortit de l'appartement.

Sophie et maman pleuraient toutes
les deux ; elles ne pouvaient pas concevoir mon calme , et moi - même je
ne pouvais l'expliquer, mais j'étais tout-
à-fait tranquille et je le deviens toujours
plus , parce que je suis toujours plus
décidée. Le fanatisme , une opinion
erronnée a bien pu faire supporter
aux Roskolniques (1) les tourmens
les plus affreux ; et le saint enthousiasme d'un amour pur et constant

(1) Secte de fanatiques Russes.

ne pourrait pas m'inspirer aussi le mépris de la vie! Fédor, l'espérance même est rentrée dans mon cœur, oui l'espérance que nous serons un jour réunis. Le rang que nos familles occupent rend notre fuite impossible; dès à présent même je ne pourrai écrire que bien rarement et te voir plus rarement encore, mais également je serai toujours à toi, toujours avec toi. J'irai où l'on me conduira, je ferai ce qu'on exigera de moi; j'irai même à l'autel avec un autre homme si l'on m'y force; mais, là, là, où cesse tout espoir pour les ames faibles, là, Fédor, le nôtre commencera; mes yeux te chercheront, tu y seras, Fédor, tu voleras près de moi, tu te jetteras dans mes bras, nous dirons ensemble au Pontife que nous nous aimons, nous le sommerons de ratifier notre sainte union ; et nous mourrons ensemble, où nous serons heureux. Pourquoi nos cœurs ne seraient-ils pas tranquilles dans cette attente, et avec un tel projet? Mon amour s'est dépouillé de tout ce qui tient à cette terre, il est si pur, si céleste, que si j'avais à choisir, Fédor, je crois que j'aimerais mieux m'envoler avec toi dans les régions ethérées, que de vivre même avec toi au milieu des hommes ; non que je craigne que notre amour s'affaiblisse jamais, mais on peut nous séparer, la mort peut frapper l'un de nous deux avant l'autre. — Mais, non, non, Fédor, cela n'est pas possible, et je n'ai pas même cette crainte, je suis dès à présent comme un esprit bienheureux qui a triomphé du tombeau, et que rien ne peut séparer de ce qu'il aime. Ne sens-tu pas aussi

la même tranquillité, mon ami? La vie
et ses petits plaisirs, et ses peines pas
sagères, me paraissent si peu de chose que je n'y tiens absolument que
pour ma mère; elle est si malheureuse
cette maman chérie, si continuellement
inquiette de la lutte des deux puis
sants partis qui divisent la cour! L'Impératrice reste tranquille et impartiale
sans se déclarer, ni pour l'un, ni
pour l'autre. Mon père est haï géné-
ralement, et il a beaucoup baissé dans
la faveur de sa souveraine; mais il
protége le jeune grand Duc, le petit
fils de Pierre le grand, et c'est par là
qu'il se concilie la nation, quelque soit
d'ailleurs le mécontentement qu'il excite
par son faste et sa hauteur. D'un autre côté la plûpart des grands de
l'empire sont contre lui, et contre
ses projets; particulierement la cour

de Holstein. La langueur de l'Impératrice augmente, les médecins croient
qu'elle n'a pas longtems encore à vivre; il faut que la lutte entre mon
père et ses ennemis se termine avant
sa mort, il faut qu'un des partis succombe. Tout le monde est dans une
attente mêlée d'angoisse, chacun regarde son ennemi comme s'il voulait
l'anéantir; on ne voit plus sur les
physionomies des courtisans que l'expression de la haine, du dépit, de la
colère, qu'on tâche en vain de cacher sous un sourire perfide. Ma mère seule attache sur l'époux qu'elle
aime et dont elle prévoit la perte,
des yeux pleins de larmes de tendresse,
et sur ses ennemis des regards sup-
plians; elle a presque perdu le sommeil, et quand elle l'obtient quelques
instans, elle est tourmentée par des

rêves affreux. Bonne maman, combien
je crains qu'elle ne soit la victime
de l'ambition de mon père, lors même
me qu'il aurait le dessus. A cette seule
idée, Fédor, mon calme est prêt à
m'abandonner ; mais je lui cache mes
craintes, et m'efforce de la tranquilliser. Elle, à son tour, s'inquiète pour
moi : Si ton père triomphe, me dit-
elle, tu es perdue sans retour, et si
succombe qui le soutiendra dans sa
chûte. Mais pourquoi faut-il qu'il
triomphe ou qu'il succombe? La providence n'a-t-elle pas mille moyens
de délier ce nœud sans le trancher
avec le fer. Quoiqu'il arrive, Fédor,
je suis à toi, pour jamais à toi; nous
serons unis ou nous irons ensemble
là où nous serions également allés quelques années plus tard. Ne sommes-
nous pas surs que l'amour est la seule

passion qu'on éprouve dans le ciel?
Et le nôtre n'est-il pas assez fort,
assez pur pour y être admis.

———————————

LETTRE XIV.

Fédor à Marie.

Pozeck . . . . Janvier 1727.

Tout le monde , ma bien aimée
Marie , est occupé à se mettre en sû.
reté ; le changement qui se prépare
dans le gouvernement réveille les
craintes , les espérance, l'ambition ;
chacun jete des regards attentifs
tantôt sur le jeune grand Duc, tantôt
sur la Duchesse de Holstein, et l'on
ne sait devant qui plier le genoux.
Et moi, Marie , je le plie devant ton
portrait que Sophie à enfin accordé
à mes pressantes instances: je me
perds dans la contemplation de tes
traits adorés, ils semblent s'animer
par

par le feu de mes regards, je crois
entendre le son de ta voix, je me rappelle chaque mot que je t'ai entendu
prononcer, je presse ton voile verd
sur mon cœur, et je suis plus heureux mille fois qu'un ambitieux ne
peut jamais l'être. Tu vois, Marie ,
que je fais aussi des folies, que j'ai
aussi mon idole. Dernièrement lorsque
j'ai fait un voyage à Petersbourg, et
que j'ai passé quelque tems au milieu
de ma famille, ils étaient tous dans
une agitation qui me faisait sourire
parce qu'elle ne menait à rien du tout,
je les laissais à leur active oisiveté et
je me retirais le plus souvent qu'il
m'était possible dans mon appartement
pour relire tes lettres, ou pour regarder une copie en mignature que j'ai
faite de ton portrait. On ne pouvait
comprendre comment je restais ainsi

dans l'inaction sans avoir l'air de m'occuper de l'avenir. Ah! comme ils se
trompaient ; moi aussi je formais des
plans tout comme eux ; non pas il est
vrai pour obtenir un sourire du souverain, ou de la souveraine de toutes
les Russies, mais pour consacrer ma
vie entière à la souveraine de mon
cœur.

Comment, Marie, c'est le tombeau
que tu demandes à la destinée? J'ai pâli,
j'ai frémi en lisant ta dernière lettre,
et cependant par une magie inconcevable ton calme a fini par me gagner
aussi. Oui, nous pouvons mourir l'un
pour l'autre, l'un avec l'autre; et
c'est là ce qui rend vraiment indépendant; mais ma chère Marie, sachons
auparavant chercher et trouver le
bonheur céleste sur cette terre. Tu
crois ton père plus puissant qu'il ne

l'est ; je connais une vallée en Suisse au pied du mont Titlis , où pendant six semaines chaque année le soleil ne se montre pas ; on ne peut y parvenir que par un seul sentier au travers de rochers escarpés et au _ dessus d'un torrent effrayant qui coule au fond d'un précipice , là ne pénétra jamais le pied du voyageur ; un hasard qui n'arrivera peut-être plus d'ici à cent ans , me la fit découvrir. Le bras de ton père ne peut s'étendre jusque là , les simples pâtres de ce vallon ne savent pas qu'il existe un Menzikof sur la terre ; là , Marie , nous serions heureux , car nous serions ensemble et tout l'un pour l'autre ; et malgré l'âpreté de ce climat sauvage , la nature y est belle encore, et les hivers moins rigoureux que chez nous. Le monde est-il donc si petit qu'on ne puisse trouver , même dans un climat plus doux, un vallon caché pour servir de retraite à deux êtres qui ne demandent qu'amour et sûreté ? Sois tranquille, Marie, nous trouverons un refuge lorsqu'il en sera besoin, lorsque ton père t'ordonnera quelque chose que ta conscience n'approuve pas ; alors, Marie, tu es libre, et si nous ne trouvons point d'asyle sur cette terre...... oui, tu as raison, il en est un qui ne peut nous manquer. Je vais même plus loin dans mes espérances, une réconciliation entre ton père et les Dolgorouki n'est pas impossible ; tu ne le comprends pas, parce que tu ne connais pas les voies tortueuses de l'ambition ; je veux, je dois te donner la clef des intrigues de ton père et de sa resistance ; il veut après la mort de l'Impératrice placer sur le trône le jeune grand Duc. Ton oncle le comte

Devier, et son parti, veulent y faire
monter la duchesse de Holstein ; et les
Dolgorouki trouvent à présent qu'il
faut favoriser le plan de ton père ; il le
faut, car mon cousin le jeune comte
Ivan est le favori du grand duc. Jusqu'à
présent, ton père a ignoré cette liai‑
son ; les Dolgorouki espèrent par ce
moyen s'emparer de l'autorité ; et ton
père, Marie, en a un bien plus sûr
encore, à ce qu'il croit, de conser‑
ver les rênes du gouvernement, et.....
c'est par toi, Marie, tu dois devenir
l'épouse du futur Empereur. Voilà le
plan de ton père auquel la cour de
Vienne a donné son aveu ; les Dolgo‑
rouki même en sont contens, ils n'ont
point de fille à mettre à ta place, mais
ils opposeront Ivan à ton père ; le pro‑
jet de te faire Impératrice ne leur plait
pas trop, mais ils pensent que ton fu‑

tur époux est bien jeune, et qu'il peut
arriver bien des choses qui traverse-
ront ce plan. Et moi, Marie, je le
pense encore plus qu'eux, jamais il ne
s'exécutera ; ils sont tous sur leurs
gardes, ils épient toutes les démarches
de ton père, et il y eut un conseil
de famille parce que Bassevitz, l'ami
intime du duc de Holstein, s'approcha
un jour du prince Menzikof, et lui
parla quelque tems. Ils craignaient qu'il
ne fut chargé de le gagner, et j'ai
vu le moment où pour contreminer
ce dessein, cette crainte imaginaire,
ils feraient à ton père des ouvertures
de paix , afin d'agir de concert en
faveur du grand Duc. Le seul de ma
famille qui voit arriver les évènemens
de sang froid et sans vouloir s'en mêler, est le feld-maréchal ; il demande
aux autres en souriant „ N'êtes-vous
donc pas rassasiés d'orages ?

Mais voulez - vous donc , répond mon père , repousser la fortune qui se présente d'elle - même ; le penchant du grand Duc pour mon neveu Ivan peut...

Quoi Lutkitsh , répond le respectable vieillard, toi qui as vécu à la cour, tu peux fonder des projets sur l'amitié d'un enfant pour un jeune homme qui le flatte sans cesse? Tu sacrifies ton repos, ton bonheur actuel pour le caprice d'un enfant...... Mais on appelle le maréchal un vieux raisonneur, et l'on méprise ses sages exhortations.

J'étais à Pétersbourg , Marie , le jour de la bénédiction des eaux (1)

_____

(1) Une des plus grandes fêtes de la Russie qu'on célèbre le jour des Rois; elle répond à la confirmation. L'Evêque plonge les enfans dans l'eau de la rivière par un trou fait dans la glace.

seulement à dix pas de toi, parmi les
gens du Feld-maréchal ; je me rappel-
lai tout-à-coup ce mot de *malheur*
qui t'avait si fort frappé à l'universaire
des obséques de Pierre le grand ; lorsque je vis arriver l'Impératrice ayant
déja la mort empreinte sur toute sa personne ; et les regards à moitié éteints,
ces regards qui disposent encore du
bonheur de tant de millions d'ames.

Lorsqu'elle arriva dans sa magnifique voiture, tous les yeux se tournèrent de son côté ; je l'observai, elle
regarda le peuple d'un air affable, et
les grands avec froideur et fierté, comme si elle leur avait dit, je lis dans
vos ames, je vois les plans que vous
formez pour le moment où je ne serai
plus. Quelques minutes après, lorsque
toute la cour fut rassemblée sur le mi-
roir glacé de la Néva, au milieu de ce

spectacle imposant, je ne vis plus que
toi Marie, et tes grands yeux pleins
d'innocence et de sentiment qui suivaient le cours du fleuve vers la vaste
mer, comme si tu cherchais quelque
chose au delà. O Marie ! avec quel dé-
lice je lisais dans ton cœur et je dé-
vinais tes pensées ; il me semblait voir
tes lèvres s'entr'ouvrir et prononcer
doucement le nom de Fédor. Ah ! combien je me trouvais plus grand que
cette foule d'esclaves brillants qui entouraient leur Souveraine ; moi je règne
sur un cœur tout à moi ; au milieu de
l'éclat de cette cour tu ne pensais qu'à
ton Fédor. Le soir plusieurs des ennemis déclarés de ton père, tels que
Tolstoï, Pissaroff, Leschakoff, dan-
sèrent avec toi. Comment est-il possible qu'un homme puisse toucher ta
main, fixer ton œil plein de bonté

et de paix, sans se réconcilier aussi-
tôt avec celui qui t'a donné la vie?
Le Tartare ne parle pas à l'homme à
qui il veut nuire, ni à personne de sa
famille, il détourne de lui ses regards:
Comment, dit - il, oserais - je tuer
celui qui m'a souri, qui m'a parlé, dont
l'ame a communiqué avec la mienne?
Ah! si les hommes qui se vantent d'ê-
tre policés avaient seulement les vertus de ces demis sauvages! Le jour
suivant j'allai avec le comte Sapiéha
à Twer, il ne concevait pas ce que
je lui confiais, que d'après les ordres de ton père tu avais rompu notre
liaison, et que j'y avais consenti; il
concevait encore moins comment j'é-
tais aussi tranquille sur le projet de te
marier avec l'Empereur. Marie, me
disait-il, est bien une de ces bonnes,
douces, fidèles, simples créatures

que nous appercevions dans les rêves
de notre jeunesse ; mais depuis que
je connais un peu mieux le monde.,
je trouve qu'une couronne vaut bien
quelque chose ; plus du moins que je
ne le croyais autrefois ; ne sera - ce
pas pour Marie une forte tentation ?
Et quel sacrifice lui couterait _ elle ?
Celui d'un amant que hait son père,
et qu'elle ne pourra jamais épouser.
Elle pourrait même colorer son infidélité du nom de vertu , d'obéissance
filiale ; elle dira ensuite du haut de
son trône que Fédor...... Je l'interrompis et lui répondis en souriant : elle
ne dira rien ensuite , car jamais Marie ne fera ce que tu supposes.

Tu me parais bien sûr de ton fait ,
reprit.il, mais si Menzikof triomphe
de ses adversaires , si le jeune grand
Duc devient empereur , si Menzikof

L 6

a mis la couronne sur sa tête à ce prix...... Crois-tu qu'il se laissera toucher par des larmes, et qu'il finisse comme dans les comédies par te marier à sa fille.

Il ne le fera sûrement pas, mon cher Sapieha ; si Petrovitz monte sur le trône, Menzikof fera son possible pour que sa fille soit Impératrice. — Si vous aviez pris la fuite lorsque je vous l'avais si bien facilitée, me dit le comte, à présent vous seriez en sûreté ; vous le regretterez lorsqu'il vous sera devenu impossible de vous éloigner.

Il y a une manière d'échapper qui sera toujours possible, Sapieha ; Marie peut-être forcée d'accompagner l'Empereur à l'autel, mais là encore elle sera à moi, à moi seul. Il secoua la tête en signe d'incrédulité. Pauvre

Sapieha ! il a déja perdu de cet enthousiasme de jeunesse qui s'éteint si
vite au souffle glacé de l'ambition , la
vie est pour lui le souverain bien ;
viennent ensuite les honneurs, le rang ,
la fortune, et après tout cela l'amour
et la constance. Cependant sa générosité naturelle préservera toujours son
cœur de la corruption et de l'insensi-
bilité, toujours il sera le meilleur des
amis , il nous aidera de tout son pouvoir , mais sans nous comprendre , et
peut-être même en nous blâmant.

Pendant cette conversation notre
traîneau volait au travers des plaines
immenses de neige glacée qui brillait
au clair de la lune, comme un champ
parsemé de diamans : nous étions dans
un bois de hêtres à minuit , précisément lorsque ton jour de naissance
commençait. L'illumination de ton

somptueux palais à Pétersbourg ne valait pas celle des girandoles de glace suspendues aux branches des arbres, et brillantes de la plus douce lumière. Sapieha voulait s'arrêter à la cabane la plus voisine qui était à une lieue au delà du bois, je descendis du traîneau pour faire à pied le chemin qui était frayé jusques là ; je m'arrêtai à la sortie du bois, et je fixai la lune qui était dans son plein vis-à-vis de moi à l'orient ; tout autour de moi régnait le plus profond silence ; le son léger des grelots du traîneau se perdait peu-à-peu dans l'éloignement ; il me semblait que j'étais seul dans l'espace immense de la création ; je me tournai du côté de Pétersbourg, j'étendis les bras, et mes pensées étaient une prière ardente pour toi, chère et bonne Marie ; je poursuivis ensuite ma rou-

te au travers de cette campagne si-
lencieuse et resplendissante , et mon
ame devint aussi calme , aussi sereine
que le spectacle qui m'entourait ; je
regardais le ciel dont l'azur n'était obs-
curci par aucun nuage..... Tout-à-coup
un météore éclatant s'éleva à ma droite
sur l'horison , et parcourut le ciel avec
rapidité ; Marie , il me sembla que
c'était un messager céleste qui venait
m'annoncer mon bonheur ; les anges
aussi célébraient ta fête..... Ne ris
pas Marie , il est sûr que cette aurore
boréale à ce jour , à cette heure, me
paraît le plus doux présage. Je rejoi-
gnis notre équipage et mon ami , avec
l'espoir le plus certain d'un heureux
avenir.

LETTRE XV.

Marie à Fédor.

Pétersbourg . . . . Février 1727.

C'ÉTAIT donc là cet effrayant secret que ma mère et Brukenthal me cachaient avec tant de soin : Comment ai-je pu être aveuglée au point de ne pas voir ce que chacun de leurs regards me disait si clairement. Souvent ma pauvre mère me serrait dans ses bras sans rien dire et cherchait à retenir des larmes ; d'autres fois elle en versait en abondance ; quand je lui demandais, qu'avez vous donc ma chére maman ? Elle me répondait par quelque lieu commun , ou par quelque trait de morale ; elle me disait par exem-

ple, on sourit et souvent le malheur
est près de nous : en d'autres momens,
il faut fortifier son cœur, Marie,
il faut d'avance le mettre en état
de supporter de grandes peines. Je
ne savais pas ce qu'elle voulait dire, je
croyais que c'était toujours ses craintes
vagues sur le sort de mon père, mais
à présent je vois bien qu'elle voulait me préparer à ce funeste événement. Quand ta lettre m'eût dévoilé
ce mystère, j'entrai chez elle ; je
voulais lui dire tranquillement ce que
je savais pour ne pas augmenter sa
douleur ; mais dès que j'ouvris les
lèvres pour lui parler je sentis un tremblement général, et le froid de la
mort se répandit sur mon visage et
sur mes mains, je me sentais défaillir ;
quelques larmes brûlantes s'échappaient
de mes yeux immobiles ; j'étendis les

bras vers cette mère chérie, je puis
à peine articuler „ Oh maman! je
sais tout, mon père me destine au
grand Duc : ah ! sauvez votre Marie;
et je tombai sans connaissance à ses
pieds. Dans ce moment le père Brukenthal qui est revenu depuis quelques
jours ramené par son inquiétude, entra dans la chambre, il soutint ma
mère qui était presque dans le même
état que moi; et voyant mes yeux
se r'ouvrir, il me dit avec fermeté : „
Voyez votre mère, Marie, voulez-
vous lui ôter la vie. » Ces mots terribles pénétrèrent mon cœur et lui
redonnèrent des forces ; je vins aider
au père à la remettre dans son fau-
teuil. Elle me jeta un regard qui ex-
primait à la fois le plus profond chagrin et l'amour maternel le plus tendre : « Oh ! mon enfant, dit-elle enfin

avec un profond soupir „ nous sommes
« bien malheureuses, oui ton père a
« destiné ta main au futur Empereur,
« tu dois être sacrifiée à son ambi-
« tion; il veut te traîner sur le trône
« pour t'y voir mourir de douleur. Ah !
« je n'en serai pas le témoin, je suc-
« comberai à tant de peines ". A ces
mots le désespoir s'empara encore de
moi à un tel point qu'il me fut impossible de le supporter. „ Ah ! maman ,
lui dis-je, mourons ensemble. „ Je me
jetai dans ses bras, et m'évanouis sur
son sein. Elle employa le peu de force
qui lui restait pour me soutenir, mais
elle perdit aussi connaissance, et le
père Brukenthal alla appeler Sophie ,
qui m'a raconté ce qui s'est passé ,
car je n'entendais rien. On fit aussi
demander mon père. Au moment où
il entra de l'air le plus effrayé , Bru-

kenthal saisit sa main, le mena deva...
nous et lui dit : Voyez le fruit de n...
tre détestable ambition, Marie sa...
votre secret, et ce que vous appelle...
le but de sa vie a brisé son cœur
et celui de son excellente mère, peu...
être n'existent-elles plus. Mon père
fut très-violemment ému ; on nous pro...
diguait des secours, des sels, des eaux
spiritueuses. J'ouvris enfin les yeux et
mes premiers régards rencontrèrent
ceux de mon père, où se peignaient
l'inquietude et la pitié ; je tombai à ses
genoux, et je lui dis d'un ton sup-
pliant : Mon père, je vous en conju...
re, ne.........

„ Tu sais donc " dit-il en m'interrompant vivement , mais avec un
ton plus doux que je ne l'attendais,
« tu sais donc quel est mon plan, et
„ le sort magnifique que je destin...

» à ma fille chérie. Eh! bien, mon
» enfant, tu me connais ; les *scènes*
» *que tu fais* peuvent tuer ta mère
« qui est déja si faible, et ne change-
« ront rien du tout à mon plan ; je con-
« nais assez les femmes pour savoir
« qu'en dernier résultat, vous préfé-
« rez toutes une couronne à une guir-
« lande de fleurs, quand même l'a-
« mour l'a tressée ; c'est parce que
« je te crois assez de jugement pour
« savoir apprécier une couronne im-
« périale, assez d'esprit et de talens
« pour la porter avec honneur, assez
« de vertus pour faire le bonheur de ton
« Empire, assez de sagesse pour obéir
« à ton père, c'est parce que je t'estime
« autant que je t'aime que j'exige que
« ma volonté se fasse, et si tu te con-
« sultes bien toi-même, ma fille, tu
« verras que tu le désires ainsi que
« moi ».

Je ne répondis que par un profon[d]
soupir ; Brukenthal lui dit d'un to[n]
solennel et pénétré , mais cependan[t]
si vous vous trompiez , mon prince[?]

« Me tromper , répondit mon pèr[e]
« avec un sourire ! Tu m'accordera[s]
« j'espère de connaître mieux les fem[-]
« mes que toi ? Non, je ne suis pa[s]
« la dupe de ces évanouissemens; j'a[i]
« d'abord été ému , je l'avoue, mai[s]
« la réflexion me ramène à la vérit[é]
« Cette tête orgueilleuse , dit-il e[n]
« posant sa main sur mon front, sa[-]
« crifierait une couronne à l'amour[?]
« Non cela est impossible.

A quoi serviraient les prières[,]
Fédor, puisque mon père ne compren[d]
pas nos sentimens ? Je me levai , e[t]
je dis avec sang froid ; „vous vou[s]
„ trompez certainement mon père; Dieu
„ veuille que vous n'en soyez pas un

„ jour trop convaincu. „ Il me regarda
avec un sourire ironique : „ Déja si for-
« te et si calme , Marie , me dit-il ;
« une douleur qui passe aussi vite
« n'est pas dangereuse. Je t'aime ,
„ mon enfant , et je voudrais te voir
„ faire de bonne grace ce qui doit
„ absolument arriver. „ Il me baisa
au front , il jetta un regard sur ma
mère , qui était toujours appuyée contre
le sein de Sophie , et se retira. Brukenthal resta avec nous. „ Quelle que
« soit votre résolution , me dit-il à
« voix basse , songez que la vie de
« votre mère dépend de vous. — „ O
« que dois-je faire pour la conser-
« ver, dis-je en joignant les mains !.....
« tout..... tout pour elle. — Oui, Fédor,
oui tout pour elle , même renoncer à
toi si je puis la sauver à ce prix.

— „ Etre heureuse et calme , me dit

» notre ami, je vois que votre bonheur
» est nécessaire à son existence; je
» n'ai plus de conseil à vous donner,
» écoutez votre cœur. « Dans ce moment elle reprenait tout à fait l'usage de ses sens, elle demanda faiblement à Sophie : „ N'ai-je pas entendu
« la voix de mon mari ? „ Oui ma
» mère, repondis-je, mon père sort
« d'ici, notre état a paru le toucher.
« N'ayez aucune inquiétude, ma chère
« maman, tout ira bien j'espère.'
Lorsque je fus seule dans ma chambre
je me fis d'amers reproches d'avoir
effrayé ma mère, et je resolus de
cacher désormais ma douleur sous un
air serein. Ah ! si mon bonheur est
nécessaire à sa vie, mon cher Fédor,
ta Marie est à toi pour jamais, et je
n'ai plus rien à t'opposer; sa bénédiction nous suivra; il est venu ce moment

ment où mon père m'ordonne ce que
mon cœur et ma conscience désapprou-
veraient lors. même que ce cœur ne
serait pas tout à toi..... moi, Marie
Menzikof, Impératrice !...... non, non
jamais !...... Je viens de relire ta lettre, tu as prié pour moi au milieu de
cette campagne brillante et solitaire,
Fédor, ta prière a été exaucée, le
ciel a versé du courage et du calme
dans mon sein. J'ai lu la description
de la sombre vallée au pied du Titlis,
il s'y trouve un couvent qu'on nomme *Engelberg* ; Fédor, si j'avais la
certitude que le pouvoir de mon père
ne t'y atteindrait pas, ou qu'une autre partie du monde put nous promettre repos et sûreté, rien ne m'ar-
rêterait plus, j'assurerais à la fois
la tranquillité de ma mère et mon
bonheur et le tien ; je fuirais avec toi

Tome I.   M

Jusqu'au bout du monde, ou bien dans les bras de la mort. Sophie va tous les matins à l'église, tu peux te fier à elle, adieu.

LETTRE XVI.

Fédor à Marie.

Pétersbourg.... Février 1727.

Tout est prêt, ma chere Marie ; la neige frayée pour le traîneau favorisera la vitesse de notre fuite ; j'ai été fâché de céder à un autre le soin des préparatifs quoique ce fut à mon ami Sapieha ; mais j'ai craint d'être observé. Je suis retourné quelques jours à Pozek, et je suis revenu à Pétersbourg sous un habit de paysan ; un de mes gens joue mon rôle à Pozek, feint d'être un peu malade, et ne sort point de ma chambre ; mon valet de chambre y entre seul, et je suis sûr de tous deux.

Un médecin de la ville voisine, qui
ne me connaît pas, a été appellé, et
jurerait au besoin qu'il a vu le Prince
Fédor Dolgorouki retenu dans son lit.
Ici j'ai pris un logement écarté dans
une petite maison sur les chantiers
au bord de la Néva, sous le nom
d'un Polonais envoyé à Sapieha; celui-ci a pris sous un nom supposé
tous les arrangemens nécessaires à
notre fuite, ils ne peuvent manquer;
de trois en trois lieues des chevaux
de relais sont commandés pour nous
mener à travers champ au bord de la
Woolkowa; nous nous embarquons
sur cette riviere et nous allons sur
l'eau jusqu'à Novogorod, de là en tra-
versant la Duina, jusqu'à Wilna. Ce
sont des gens sûrs au comte Sapieha,
qui nous attendent auprès des chevaux qui sont commandés sous des

prétextes très - naturels ; il n'y aura
point de russes , ce sont des polonais ,
et ils ignorent eux-mêmes qui ils ser-
vent. Je mettrai l'habit d'un ecclésiastique polonais avec une fausse barbe
qui me donnera l'air d'un vieillard ;
tu m'accompagneras sous des habits
d'homme qui te rajeuniront de quel-
'ques années , et tu passeras pour mon
neveu ; notre passeport est déja ex-
pédié de cette maniere. Aux frontieres
de l'Allemagne je quitterais mon habit , ma barbe , et je prendrai le nom
de St. Amand et le costume d'un officier français ; tu seras toujours mon
neveu , j'ai aussi un passeport sous
ce nom là , que le véritable St Amand ,
qui est un des secrétaires de Sapieha , est allé prendre. Nous parlons
tous deux assez bien le Français , mon
amie , pour ne pas être trahis par no-

tre accent; de là nous continuons notre route jour et nuit. Avant que ton
père ait eu le tems de réfléchir et
d'agir, nous serons en France, auprès
de mon ami Gustave, cet ami chéri
de mon enfance que nous trouverons
probablement déja à la frontière;
nous allons ensuite à Paris, à Lon-
dres, à Naples, à Madrid, en Suisse,
toujours sous des noms différens pour
déjouer les informations que prendra
ton pere; tu seras alternativement mon
neveu, mon frère, ma sœur, et toujours ma compagne chérie, ma femme
adorée. Si l'ancien monde ne nous offre pas des asyles assez sûrs, nous
nous embarquerons pour le nouveau;
j'ai des bijoux et des lettres de change très-considérables, nous avons tout
prévu, et j'ai un moyen sûr de cor-
respondre avec Sapieha. Il est im-

possible que notre fuite ne réussisse pas.

Dès qu'il fera sombre , un traîneau chargé en apparence de bois , attendra au bord de la Néva , près de la belle statue du Gladiateur mourant , au bout du jardin de ton père, derriere la saillie que fait le Kiosque verd dans la rivière ; près des traîneaux il y aura un feu allumé. Dès que tu entendras le mot de *Wéliki* qui est notre mot de ralliement, le paysan qui sera auprès du traîneau , jettera un grand manteau sur tes épaules , et un largé bonnet de pelisse sur ta tête ; un homme enveloppé dans un manteau semblable (ce sera moi) te répondra Wéliki , et marchera en avant ; tu le suivras : à dix pas de là tu trouveras un autre traîneau sur lequel tu monteras avec moi , et alors nous sommes en sûreté.

Mais comment viendras-tu jusques
là ? je connais les fenêtres de ton appartement ; attaches-y dès ce matin
un voile noir si tu crois que mon projet
puisse réussir , et un rouge si tu penses
qu'il faille encore différer ; je serai
sur l'isle vis-à-vis , plusieurs fois dans
la journée. O Marie ! dès ce soir le
traîneau t'attendra , puisses-tu profiter
de ce moment , le dernier peut-être
qui nous reste , et Dieu dans sa bonté veiller sur nous !

LETTRE XVII.

Marie à Fédor.

Pétersbourg .... Mars 1727.

Oh ! mon ami, cher et méchant Fédor ! quels jours d'angoisse tu me fais
passer ; tremblante de joie et d'espérance , je lus ta lettre où tu me promettais la liberté et le bonheur ; il
m'était si facile de faire tout ce que tu
me prescrivais. A cent pas seulement
de l'aile de notre palais que nous occu-
pons ma mère et moi, habite une de
mes tantes dans une maison séparée.
Depuis quelque tems j'y allais presque
tous les soirs , quelquefois accompa-
gnée d'un domestique , et souvent seule;
mais le domestique même ne m'aurait

M 5

pas gênée, je pouvais rester dans l'en-
trée de la maison de ma tante jusqu'à
ce qu'il fut retourné au palais. Lorsque j'eus arrangé rapidement mon plan
dans ma tête, je courus à ma chambre, j'attachai un mouchoir noir à ma
fenêtre et j'y restai moi-même assez
longtems les yeux fixés sur l'isle et
croyant te reconnaître dans chaque
figure humaine qui se présentait à ma
vue. Mon père était sorti, ma mère
voulut passer la soirée seule avec Sophie, et me proposa elle-même d'aller
voir ma tante. Enfin le jour baisse,
et à chaque minute mon cœur palpitait plus vivement ; je m'assis à côté
de ma mère, j'éprouvais une foule de
sentimens que je ne puis t'exprimer.
Combien de fois je baisai ses mains
chéries en les inondant de mes larmes,
comme je la serrai contre mon cœur

agité. „ Bonne enfant, me disait-elle en partageant mon attendrissement et me rendant mes caresses” — „ L'ai-je été, „ maman, lui demandai-je? L'ai-je „ toujours été, ai-je toujours mérité „ votre bénédiction maternelle ”? — „ Toujours, répondit-elle en posant „ sa main sur ma tête, puisse le „ ciel bénir ma bonne Marie ”. Oh ! Fédor, quel beau moment, ma mère me bénissait encore une fois, j'emportais sa bénédiction.

Je tombai à genoux devant elle ; m'aurait-elle suivie cette bénédiction si j'étais partie avec Fédor, lui demandai-je à voix basse? „ — En peux-tu „ douter, chère enfant, dit-elle en „ me baisant le front; hélas ! je te „ l'avoue à présent, j'ai regretté que „ tu n'ayes pas pris ce parti, le seul „ peut-être......” Oh ! Fédor, si j'avais

M 6

encore balancé ce seul mot m'aurait
décidé ; je me levai, j'embrassai Sophie, ma sœur, mon jeune frère, je
m'arrêtai devant le portrait de mon
père, je lui adressai tacitement mes
adieux et je lui demandai pardon, il
semblait me regarder avec tendresse.
— Je sortis enfin et j'allai encore à
ma fenêtre regarder du côté indiqué;
déja quelques étoiles brillaient dans
les cieux, je crus appercevoir un feu
dans la partie du jardin où tu devais
m'attendre : Voilà le signal de l'amour,
pensai-je ; je répétai plus de cent fois
le mot de *Weliki*, pour ne pas l'oublier. Vêtue entièrement de blanc pour
ne pas être apperçue sur la neige je
me glissai au bas de l'escalier, je
rencontrai un laquais qui m'accom-
pagna sans que je le lui ordonnasse;
il a apparemment l'ordre de m'obser-

ver, car c'est toujours le même que je trouve sur mes pas. Je restai sous le portail de la maison de ma tante jusqu'à ce qu'il fut rentré au palais, alors je ressortis et je courus avec légéreté au gladiateur mourant ; hélas ! ce que mon imagination m'avait fait prendre pour un feu depuis ma fenêtre n'était qu'une étoile rouge très-brillante qui paraissait à l'horison, je ne vis ni feu ni traîneaux. O Dieu, Fédor, je restai demi heure au moins par un froid excessif, les pieds dans la neige ; mais ce n'est pas ce qui me faisait souffrir ; je prononçai d'abord mon Weliki tout bas, puis un peu plus haut, à la fin avec un cri ; j'appuyai ma tête contre la statue du gladiateur, et dans mon désespoir j'embrassai ce marbre glacé ; enfin après une longue et vaine attente, je revins désespérée.

Ma première idée fut que tu n'avais pas vu le mouchoir noir; j'allai chez ma tante qui ne pouvait comprendre ce que j'avais ; j'étais distraite, absorbée dans mes conjectures; peut-être pensai - je, ne m'attendait-il pas encore aujourd'hui , ou bien il est malade , cela seul peut l'avoir empêché d'emmener sa Marie. Ma tante me croyait malade aussi, je repondais sans aucun sens à ses questions, ou je ne lui parlais point, je n'étais pas encore malade, Fédor , mais bien triste.... triste à la mort. C'est à présent que je suis malade, bien malade, peut-être à la mort.

Le jour suivant , c'était hier , je fus encore auprès du gladiateur mourant et tout aussi vainement ; ah ! Fédor, pourquoi est - ce auprès d'un mourant

que tu m'as donné rendez - vous? Je
ne t'ai pas trouvé, ni le feu, ni le traîneau, chargé de bois ; je hazardai
même de passer le pont, mais de l'autre côté de la riviere, je ne vis ni
n'entendis aucune créature vivante,
aussi loin que ma vue et mon ouie
purent atteindre. J'arrivai chez ma
tante pâle comme un spectre, ne sa-
chant quelle cause prétexter à mes
inquiétudes, à mes craintes. Oh! Fédor, Fédor! où es_tu? où reste_tu
mon Fédor adoré?

Cette nuit j'ai cru te voir pâle et
mourant, couché au bord de la rivière, tu étendais encore une fois les
bras vers moi, et tu expirais ; ce n'é-
tait qu'un songe causé par l'idée du
gladiateur mourant, mais j'en suis encore frappée. Un feu dévorant coule

dans mes veines, ma langue est desse-
chée, je me sens mourir mille fois; oh!
Fédor, si tu voyais ta pauvre Marie,
je suis pâle comme si la mort avait
déja versé ses glaces dans mon sang.
Que dois-je, que puis-je penser de ton
silence ? De ce rendez-vous si précis,
si détaillé où tu n'es point venu?
Sophie ne t'a point trouvé à l'église,
et cependant à mon instante prière
elle y est allée tous les jours. Que tu
es cruel! n'as-tu donc pas un domestique, pas une ame par qui tu
puisses me faire dire, ton Fédor vit
encore? Où donc est Sapieha? je ne
le vois plus, je n'en entends plus parler......... Fédor, je ne puis soutenir
plus longtems ce tourment...... rien,
rien de toi, il faut que tu sois mort!
Laisserais-tu ta Marie dans ce supplice
pire que la mort même?

Grand Dieu! j'ai parlé à Sapieha;
pourrai-je y survivre? Il nous a at-
tendu longtems à Novogorod, enfin il
est revenu et t'a cherché; personne n'a
pu lui donner de tes nouvelles, tu as
quitté ton appartement des chantiers
le même jour où je reçus ta dernière
lettre, et depuis lors tu as complete-
ment disparu. Sapieha me racontait
tout cela avec une tranquillité qui m'a
fait horreur, à ce mot *il a disparu*,
mes sens se troublèrent, et je tombai
sans connaissance; je me trouvai dans
ma chambre avec ma mère qui était
auprès de moi. Qu'as-tu donc, Marie, me demanda-t-elle avec inquiétude?

Oh! mon Dieu! lui dis-je, « bonne
maman, faites venir le comte de Sapieha ». Mon angoisse, mon impatience
étaient telles que je....... oserai-je l'a-

vouer, oh Fédor! que ne me ferais-
tu pas oublier! j'oubliai presque le
respect que je dois à ma mère en mettant dans mes instances une telle vivacité qu'elle en fut blessée. Elle m'en
le temoigna et me fit sentir combien
il était peu convenable que je fisse venir le comte Sapieha dans ma chambre, étant tombée évanouie en lui parlant. Ce mot me rendit toutes mes
forces, je me levai de dessus le so-
pha où l'on m'avait posée; dans un
instant ma toilette fut remise en ordre.
« Je me porte bien, maman, m'écriai-
« je, retournons au sallon, il faut que
« je parle à Sapieha; Fédor est parti,
« il a disparu; il est mort, il est as-
« sassiné, oh! ma mère »! Cette
horrible idée se présenta avec tant de
force à mon imagination que je fail-
lis retomber dans l'état d'où je sortais,

je pris un tremblement qui m'empêcha de marcher. Ma bonne mère alla
seule au sallon pour saluer Sapieha
et lui faire des questions sur toi ; il
ne sait rien , il n'a que des conjectures , il suppose seulement que mon
père a découvert notre projet d'éva-
sion, et qu'il t'a fait arrêter : ma mère
aussi le trouve très - vraisemblable ;
mon père , il est vrai, avait paru fort
inquiet, fort préoccupé ; quelques jours
avant ta disparution il avait donné l'ordre à ma femme de chambre de m'ob-
server avec soin sans que je m'en ap-
perçusse et de veiller toute la nuit dans
mon anti-chambre ; plusieurs soirs notre jardin a été entouré de gens ar-
més. Maman m'avait caché tout cela
pour ne pas m'inquiéter, croyant que
toutes ces démarches n'avaient d'autre
cause que de vains soupçons ; mais il

est sûr, trop sûr que tu en étais l'objet, car depuis le soir où tu as disparu ces précautions ont cessé.

J'ai pris aujourd'hui une grande résolution, je suis allée auprès de mon père dès qu'il a été revenu de la cour, et je lui ai dit avec tout le calme auquel j'ai pu me contraindre : « mon père, le jeune prince Fédor Dolgorouki est arrêté ". Il m'a regardé fixement et sévèrement, mais il n'a pu me faire perdre contenance : „ mon „ père, ai-je continué, vous ne savez „ donc pas ce dont je serais capable „ si on le sacrifiait parce qu'il m'aime „ et que je l'aime ".

— „ Parce qu'il t'aime, Marie; tu „ veux absolument donner à ta pas- „ sion *un air d'importance?* Oui, un „ jeune prince Dolgorouki est en effet

„ arrêté depuis à-peu-près quinze jours;
„ à peine savais-je si c'était ton ami,
„ ou un autre Dolgorouki ; mais puis-
„ qu'il te prend pour son avocat il faut
„ bien en effet que ce soit celui que
„ tu crois aimer. Que veux tu donc ?
„ que je le fasse mettre en liberté ap-
„ paremment ! en vérité je ne connais
„ pas seulement son crime.

— „ Son crime est de m'aimer , mon
„ père ".

Il serait singulier (me dit-il avec un
air ironique , que l'Impératrice l'eût fait
arrêter pour cela ; peut-être crois-tu
qu'elle est ta rivale ; mais puisque tu
le veux , ma fille , nous allons savoir
ce qui en est.

Il fit appeler son premier aide-de-
camp. Je viens d'apprendre , lui dit
mon père d'un air sombre , qu'un
jeune Dolgorouki a été mis aux arrêts,

vous ne m'en avez pas fait rapport.

Oui, monseigneur, dit l'officier, le rapport doit-être encore là sur votre table ; peut-être que vous l'avez oublié.

— Peut être, je n'en ai nulle idée, eh bien dites-moi ce qu'il a fait ? On prétend que c'est une affaire de jeune homme, une amourette.

» Non, monseigneur (reprit l'offi-
» cier du ton le plus naturel) sa ma-
» jesté parlait un jour avec le prince
» Lutkisch Dolgorouki de la guerre en
» Perse et s'informa de son fils Fé-
» dor qu'elle croyait à l'armée ; le père
» leva les épaules et avoua que son
» fils n'avait absolument pas voulu re-
» joindre l'armée , et qu'à son grand
» chagrin, il passe sa vie à la cam-
» pagne dans l'oisiveté. L'Impératrice
» dit en souriant qu'elle voulait une
» fois prendre le rôle de père avec

« ce jeune entêté; elle envoya le même
« jour un de ses aides-de-camp à Po-
« zek, où le jeune prince était dit-on
« incommodé; on trouva que c'était un
« domestique qui jouait le rôle de ce
« prétendu malade, et que le prince
« était caché à Pétersbourg. »

—« Il y a donc en effet quelque aven-
« ture amoureuse là-dessous ? » dit
mon pere en jetant sur moi un regard
scrutateur qui me fit rougir.

— « C'est très-possible, reprit l'offi-
« cier, mais ce n'est pas ce qui l'a fait
« mettre aux arrêts; le domestique
« qui passait pour lui à Pozek décou-
« vrit le lieu de sa retraite, on y alla,
« on le trouva sur le point de partir,
« et il jeta avec précipitation dans le
« feu quelques papiers qu'il avait de-
« vant lui. C'est moi qui fus chargé
« de lui lire l'ordre qui le condam-

« nait aux arrêts dans le chateau fort
« de Kisouschalok, jusqu'à ce qu'il
« fut corrigé de son entêtement, et
« pour le punir de n'avoir pas obéi
« à l'ordre positif de son père de join-
« dre l'armée, et d'avoir aussi peu d'é-
« gards pour la récompense que sa sou-
« veraine avait accordé à sa bravoure.
« Son père et son oncle le feld-maré-
« chal prince Bazile, étaient présens
« lorsque je lui lus cet ordre ; le jeune
« prince fut d'abord hors de lui, mais
« lorsqu'il apprit la cause de son ar-
« rêt il devint tout d'un coup parfai-
« tement calme, il embrassa son père
« et son oncle avec autant de séré-
« nité que s'il eut été question d'un
« événement heureux. Lorsque je l'em-
« menai il me pria avec instance d'in-
« former de cet événement le jeune
« comte Sapieha, avec qui il avait,
disait-il,

« disait-il , une affaire d'honneur ; il
« me conjura à plusieurs reprises d'al-
« ler incessamment lui dire ce qui l'em-
« pêchait de s'y rendre ; je l'ai cher-
« ché, mais il n'est pas à Pétersbourg.«

« Ah! ah ! c'est donc cela , " dit mon
père d'un ton indifférent ; « vous pou-
« vez vous retirer : allez , et si vous
« le voulez vous pouvez faire votre
« commission , le comte Sapieha est
« de retour. «

Après le départ de l'officier , mon
père me regarda toujours avec son air
ironique. „ Eh bien ! Marie , me dit-
„ il, tu peux à présent aller deman-
„ der raison à l'Impératrice de sa con-
„ duite avec ce jeune homme ; elle
„ veut surement le rendre victime de
„ sa jalousie et de sa tyranie ; je te
„ conseille fort de ne pas le souffrir. „
Fédor , j'eus véritablement honte d'a-

voir soupçonné mon père , et je rougis en baissant les yeux lorsque j'eus
reçu un billet de Sapieha , à qui le
maréchal avait raconté les détails de
ton arrestation , tout comme l'aide-de-
camp de mon père. Nous ne devions
donc pas fuir , il semble que l'Impératrice s'y est opposée cette fois, comme notre ange tutélaire , au moment
même de l'exécution ; c'est ici, c'est
dans les lieux où je suis née que la
providence veut que je reste et que je
sois heureuse.

Tu n'es pas seul en prison, Fédor,
moi aussi je le suis , je ne sors point
de ma chambre, où je me suis donné les
arrêts ; oh ! que ne suis-je auprès de
toi ! On dit que le commandant de Ki-
souchalek est un homme bon et aimable : je connais ses filles, elles viennent quelquefois dans la maison d'Os-

terman où je vais souvent ; avec quelle
tendresse je vais embrasser ces bonnes filles , puisse leur père réndre ces
amitiés à mon Fédor !

LETTRE XVIII.

La Princesse Marie Menzikof à Sophie Rocales.

Pétersbourg.... Avril 1727.

Le ciel veuille être serein pour ton voyage, ma chère Sophie, tu as bien assez de tourmens pour tes amis. Je suis exactement comme tu m'as laissée, je serais quelquefois tentée de croire que la fortune de mon mari est inébranlable, quoiqu'un pressentiment secret dans mon ame me dise le contraire ; hélas ! ils ont été bien près d'être réalisés. Ses ennemis avaient obtenu la confiance de l'Impératrice ; il était sur le point d'être disgracié, on avait même déja nommé l'officier qui devait

l'arrêter et fixé la nuit où l'arrestation
devait avoir lieu. Mon mari l'a raconté
depuis en ma présence à son ami Brukenthal, en triomphant d'avoir échappé à ce danger. Ne trouves - tu pas ,
ma chère Sophie , qu'il aurait dû ménager ma faiblesse et ne pas raconter
ces détails devant moi ? Pour moi ,
Sophie , cette affreuse nuit n'est pas
passée , j'en éprouve encore toutes les
terreurs! J'étais sur le bord de l'abîme,
(disait-il) un miracle seul a pu me sauver. „ Ah ! oui, chere Sophie, c'est bien
un miracle, c'est la cour de Holstein qui
l'a sauvé , cette cour qui devait-être
si loin de favoriser ses projets. Mon
mari a eu l'art de persuader à M.
de Bassevitz que son plan était extrêmement favorable au Duc son maître ; Bassevitz l'a persuadé au Duc ,
et le Duc à l'Impératrice. Tu sais que

mon mari aime à prouver qu'il sait
diriger à sa volonté les hommes et
les événemens ; il s'est plû à nous raconter en détail tous ce qu'il avait fait
pour se maintenir en faveur. „ Il me
„ semble , lui dit Brukenthal , que le
„ nautonier ne doit se réjouir d'avoir
„ échappé au naufrage , que lorsqu'il
„ a atteint le port et qu'il y est en
„ sûreté ; ce n'est pas lorsqu'il est
„ encore sur une mer orageuse qu'il
„ doit se livrer à la joie. La fortune
„ vous sera-t-elle toujours aussi pro-
„ pice ? „

„ La fortune , répliqua mon mon
„ mari avec un sourire ironique, c'est
„ elle qui s'efforce en vain de me cul-
„ buter, et c'est moi qui conduis d'une
„ main sûre et ferme mon vaisseau
„ au travers des écueils ; oui moi seul,
„ Serait-ce purement un effet du ha-

„ zard que j'aye déja si souvent échap-
„ pé au naufrage ? J'ai maîtrisé, te
„ dis-je, les hommes et les événemens.
„ —Peut-être, dit Brukenthal, mais le
„ pourrez - vous toujours ?

„ C'est précisément, dit mon mari,
„ pourquoi je veux voguer à pleines
„ voiles vers le port, me mettre à l'a-
„ bri des tempêtes, et fonder ma for-
„ tune sur le roc ; une fois beau père
„ de l'Empereur, mes ennemis perdront
„ l'espoir de me nuire. „

Depuis lors il ne fait plus mystère
de ses projets qui sont basés sur ce
qui fait le malheur de ma pauvre Marie. Ah ! Sophie, comment pourra-
t-elle y échapper ? Il est même probable que l'Impératrice consentira à
son union avec le jeune grand Duc,
si mon mari met la couronne sur la

N 4

tête du petit fils de Pierre , on ne
pourra rien lui refuser.

Quelle fille que notre Marie , si
douce , si timide , et cependant si
décidée ! „ Mon père , dit - elle avec
„ calme , n'a jamais imaginé un plus
„ grand bonheur que de régner , il
„ ne croit pas possible qu'on puisse
„ refuser de bonne foi de monter sur
„ un trône ; si c'est là ma destinée ,
„ chère maman , s'il faut que je fi-
„ nisse de cette manière , si le génie
„ tutélaire de l'amour ne me protège
„ pas , je saurai forcer mon père à
„ m'estimer , à me plaindre , à m'ad-
„ mirer peut-être ; il verra ce que
„ peut l'amour. „

Je la plains déja cette pauvre petite ; je la plains de tout mon cœur
de mère et dussai-je être privée d'elle
à jamais , je voudrais la savoir heu-

reuse avec son Fédor dans quelque
coin du monde. Ce n'est pas cependant que je croie comme elle sa
passion insurmontable ; les égards dus
aux convenances , à l'opinion , aux
volontés d'un père peuvent beaucoup
sans doute sur les cœurs les plus épris ;
mais Marie ne veut pas même essayer
de combattre sa passion. Il me semble
quelquefois que tous ceux que j'aime
s'obstinent à vouloir se rendre malheureux ; je crains tout autant l'amour
généreux , mais trop exalté de Marie, que l'insatiable ambition de mon
époux. Marie vit à présent solitaire-
ment dans sa chambre , elle se refuse
à toute espéce de plaisir , ne touche
plus son clavecin , ne va plus soigner
les fleurs de sa serre qu'elle aimait
si passionnément ; elle se met si simplement, qu'on la croirait en deuil de

N 5

son Fédor , et elle ne veut pas jouir
de la liberté. Oh ! tendre et sensible
Marie ; combien son père pourrait la
rendre heureuse s'il savait ce que c'est
que le bonheur !

LETTRE XIX.

Marie Menzikof à Sophie Rocales.

Pétersbourg. .... Avril 1727.

CHÈRE Sophie, mon malheur augmente à chaque instant. C'est d'après
les ordres de mon père que Fédor a
été arrêté : il avoit gagné le domestique qui le représentait à Pozek, et
par lui il était instruit de tout, il
connaissait la demeure cachée de Fédor
à Pétersbourg. L'Impératrice n'a été
que *son instrument* ; à présent on force
Fédor à aller en Perse. J'ai fait à ma
mère l'aveu que nous voulions prendre la fuite, elle a soupiré, levé les
yeux au ciel, et m'a embrassée sans
me faire le moindre reproche. Ah je

N 6

suis sûre, bien sûre, que sa bénédiction nous aurait accompagnés...

Le moment décisif approche, les ennemis de mon père sont écrasés; mon
oncle Devier (c'est en frémissant que
j'écris son nom), Tolstoï, et tous les
autres ; leur sentence est prononcée,
on les envoye en Sibérie : infortunés!
je les ai sans cesse devant les yeux,
et même la nuit dans des rèves affreux.
Mon père,.... ah ! sans doute il doit
aussi passer des nuits bien mauvaises!
s'il s'étourdit quand il veille, la conscience qui ne s'endort jamais doit
lui présenter dans son sommeil des
images horribles. J'ai souvent été surprise qu'un général d'armée put s'endormir tranquillement après avoir ordonné la mort de tant de milliers d'hommes, et vu couler leur sang un jour
de bataille ; mais il a la gloire pour le

soutenir; au lieu que dans ces viles
intrigues de cour on triomphe sans
honneur ; et si les cris des blessés et
des mourans troublent le sommeil d'un
général vainqueur, que ne doit pas
éprouver mon père, lui qui a prononcé de sang froid cette terrible
condamnation pire que la mort? Et
contre qui ?...... Contre des compatriotes, contre un frère....... des gens qu'il
a mille fois nommés ses camarades et
ses amis. Ah ! Dieu ! Sophie, la cruelle
ambition peut donc endurcir à ce
point un cœur que j'ai vu souvent bon
et sensible.

Le projet dans lequel je dois jouer
le rôle principal est sur le point d'être
exécuté, la cour de Holstein même
l'a approuvé ; et on veut forcer la
pauvre Marie à monter sur le trône.
On dit que l'Impératrice dont la mort

s'approche, l'a ordonné dans son testament. Mon père triomphe, il est entouré de flatteurs, le peuple aussi pa-
rait l'aimer à présent parce qu'il donne la couronne au petit fils chéri du
grand Empereur. La grand Duc âgé
de treize ans, et Marie de dix sept,
des enfans osent-ils avoir une volonté?
L'éclat du diadême doit sans doute les
éblouir. Ah ! Sophie, tu sais si c'est un
diadême que mon cœur desire. Mais
tout est d'accord contre moi, les deux
cours Impériales, les grands de l'Empire,
le peuple, mon père surtout, mon père,
Sophie ! Tous voulent qu'il en soit ainsi. Et moi, malheureuse ! sans secours,
sans appui, je n'ai pour me soutenir,
pour les braver tous, et l'autorité paternelle et peut-être la mort, que mon
cœur plein d'un amour innocent. Oui,
ma Sophie, je le dois, je le veux ;

mon père apprendra ce dont l'amour peut rendre capable une femme.

Je suis encore combattue entre diverses résolutions, je sais seulement quel est mon but, et j'y parviendrai parce que je veux y parvenir; mais le chemin qui doit m'y conduire m'effraye; je ne le connais pas encore et c'est ce qui m'arrête; mais bientôt mon sort sera décidé, et peut-être sera-t-il moins cruel que nous ne pensons. L'autre jour l'Impératrice parut si près de sa fin, que mon père et quelques autres Seigneurs veillèrent toute la nuit dans son antichambre; une foule innombrable de peuple se rassembla devant le palais, et le petit fils de Pierre le grand reçut déja d'avance de touchans témoignages de l'amour de la nation. La multitude prononçait son nom avec des cris de joye. Oh! si

ces cris d'allégresse sont parvenus à
l'oreille de la souveraine agonisante,
que l'ambition des courtisans doit lui
avoir paru méprisable et son pouvoir
petit ! Grand Dieu ! cette femme respectable qui voyait n'aguère des millions d'hommes prosternés à ses pieds,
est déja oubliée même avait qu'elle
ait rendu le dernier soupir ! Ces courtisans qui l'entouraient il y a quatre
jours, composent déja les discours
flatteurs qu'ils tiendront à l'enfant qui
va lui succéder. Une crise violente rap-
pela un faible reste de vie prête à
s'éteindre d'une minute à l'autre. Mon
père rentra chez lui ; je croyais trouver sur son visage abattu, fatigué,
au moins quelques traces de douleur
pour la perte d'une femme qu'il avoit
aimée, et dont le sort avoit été si
fortement lié au sien. Mais non, l'am-

bition étouffe tous les sentimens, il
n'avait que de l'inquiétude au travers
de laquelle perçait même une certaine
joye sur le prompt accomplissement de
son projet favori. Au milieu de ma
propre douleur, je plaignais aussi
l'Impératrice dont le lit de mort était
entouré de gens qui attendaient avec
impatience son dernier soupir, et dont
aucun ne versait des larmes sincères.
Hélas! ceux sur qui elle a répandu
tant de bienfaits, tous ces indigens
dont elle a soulagé la misére *n'osent*
approcher d'elle dans ce moment solennel; elle meurt comme elle a vécu ,
entourée d'une pompe glacée. Oh Sophie! je ne serai pas, je ne veux pas
être souveraine ; mais auprès de mon
lit de mort je verrai des yeux mouillés
de larmes, les miens prêts à se fermer rencontreront encore les regards

de l'amitié ; des soupirs de regret de douleur accompagneront le dernier soupir de Marie.

Ne crois plus, Sophie, que je déses-père de mon bonheur. Comment t'ex-primer ce que j'éprouve ? C'est une espèce de fierté mêlée de confiance en la bonne providence, elle chan-gera mon sort, ou me recevra dans son sein. Ne m'as-tu pas dit souvent, chère Sophie, qu'il fallait se confier en elle avec résignation, et compter sur son secours ? Na-t-elle pas pré-vu mon amour et les larmes qu'il me coûterait ? Tout n'est-il pas ordonné d'avance dans sa sagesse éternelle, et ses loix ne tendent-elles pas sûre-ment au plus grand bonheur de ses créatures ? Si mon sort est décidé de tout tems, puis-je croire que mes prières pourront le changer, et ne

vaut-il pas mieux s'y soumettre? Peut-
être faut-il pour mon bonheur éternel que ma vie soit fauchée dans sa
fleur pendant que je suis encore innocente. Le malheureux delaissé de
tout le monde n'a rien que le sentiment de son innocence et de son entière foi et confiance en un juge équi-
table et bon. Si je ne l'avais pas cette
foi, mon impatience aurait déja tran-
ché le nœud qui me lie à la vie; mais
je ne suis pas encore sans espoir, le
grand Duc n'a que treize ans, quand
même on me fiancerait à lui il se passera bien des années avant qu'il puisse
se présenter à l'autel, et ce ne sera
que lorsque j'y serai traînée à côté de
lui que je désespérerai du secours du
ciel, et que j'entreprendrai de me sauver du malheur et du crime....... hélas !
par un autre crime sans doute....., mais

Dieu prendrait pitié d'une pauvre créature réduite au désespoir....... Je suis
calme, oui, Sophie, je le suis; sois-
le aussi, je t'en conjure, ta lettre est
remplie de si tendres craintes, je te
vois si fort agitée pour ta pauvre Marie; c'est à moi à te tranquilliser, à te
rassurer. Combien je t'envie ton printems à la campagne! j'ai demandé d'aller te joindre, mais on ne veut pas
que je m'éloigne. Mon père craint Fédor, même depuis la Perse, et me
garde à vue; une gouvernante très-
sévère, et qui ressemble bien peu à
ma Sophie, est toujours à mes côtés
et m'espionne sans cesse, elle exa-
mine et compte toutes les feuilles de
papier que je touche, et celle que j'é-
cris. La méfiance blesse lors même
qu'on la mérite; car il est bien sûr
que j'écrirais à Fédor si je le pouvais;

il m'en coûte d'être honnête et douce
avec cette femme ; mais elle obéit aux
ordres qu'elle a reçus ; et je fais tout
ce qu'elle veut, je lui donne tout ce
qu'elle desire, elle croit alors que je
veux la corrompre, mais non, je n'y
songe pas ; je lui fais du bien pour
m'attacher à elle. Adieu chère Sophie.

LETTRE XX.

La princesse Menzikof à Sophie Rocales.

Pétersbourg ... Mai 1727.

L'IMPÉRATRICE est expirée, ma chère bonne Sophie, Pierre second est Empereur, et mon mari a atteint le faîte des honneurs et de la grandeur. Si la joie à laquelle il se livre n'était pas achetée si cher, je la partagerais. Depuis qu'il croit son pouvoir affermi, il est devenu plus humain, plus bienfaisant ; jamais je ne l'ai vu époux et père comme il l'est à présent ; il commence à aimer la nation qu'il gouverne. A son inquiétude continuelle ont succédé une douceur, un calme qui

m'enchante, et quelque fois dans ses
bras, pressée sur son cœur, j'oublie
toutes mes peines. L'autre jour il était
au milieu de sa famille, plus serein,
plus tendre que je ne l'ai vu de ma vie ;
nous étions tous gais ; ma pauvre Marie
même était moins sombre, moins absorbée qu'à l'ordinaire. Brukenthal seul
fronçait encore le sourcil toutes les fois
que son ami prononçait le mot de bonheur. Marie se mit à son clavecin et
nous chanta avec l'expression la plus
touchante une romance sur le charme
de la vie domestique, et le bonheur
d'une paisible médiocrité ; cela ame-
na une conversation ou chacun dit son
mot. Menzikof ne connaissait pas encore jusqu'à ce moment combien il
pourrait être un heureux père, la tendresse et la confiance que ses enfans
lui témoignèrent le toucha extrême-

ment ; il pressa Marie contre son sein,
et prit Alexandrine sur ses genoux,
des larmes roulaient dans ses yeux;
son cœur s'ouvrait aux douces émo-
tions de la nature, et d'une vraie sensibilité; il se leva et s'adressant à Brukenthal, qui conservait le visage sombre qu'il a toujours eu depuis la mort
de l'Impératrice, mon ami, lui dit-il,
je n'ai jamais été aussi heureux que
dans ce moment.

„ Et qu'est-ce qui vous empêche,
dit le moine d'un ton froid et sévère,
„ qu'est-ce qui vous empêche de pro-
„ longer ce bonheur? „

» Voilà toujours votre vieille chan-
» son, Brukenthal, répondit mon mari;
» je suis heureux parce que je vais
« commencer à jouir et à faire jouir tout
« ce que j'aime de ce que j'ai acquis
« à force de travaux. Dois-je donc moi-
même

même renverser l'édifice de mon bonheur, et pourquoi, pour........ ».

« Pour être heureux et tranquille,
interrompit vivement Brukenthal ;
« Vous parlez de bonheur, et jamais
vous n'avez couru plus de danger
qu'aujourd'hui; cet édifice que vous
croyez si solide n'a jamais été plus
près de s'écrouler „.

Mon mari sourit, nos enfans sorti-
rent, et le moine continua toujours
avec plus de force : « Menzikof, dit-il,
tu vivais auprès d'un souverain qui
t'aimait, t'estimait, et ne te craignait pas, parce qu'il étoit ton maître, et que Pierre le grand ne crai-
gnoit personne. Malgré cela tu as été
plusieurs fois sur le bord du précipice. Ensuite tu as vécu sous une femme qui te devait beaucoup, qui s'en
souvenait, mais qui était ta souveraine,

Tome I,   O

et qui le savait: malgré le lien si fort
d'une reconnaissance mutuelle, pendant les deux années de son règne tu
t'es vu plus d'une fois au moment de
ta chûte. A présent tu veux régner
sous un enfant qui sera ton maître
aussi ; qui te hait parce qu'il te
craint, qui prêtera l'oreille au premier flatteur, parce qu'il ne connaît
pas les hommes. Et dis-moi, Menzikof, as-tu un seul ami parmi ceux
qui entourent le jeune Empereur?"

Mon mari sourit encore, Brukenthal
seul au monde aurait pu lui parler
ainsi sans le couroucer. « Au nom de
Dieu et de tous les saints, continua
le solitaire avec impatience, *ouvre les
yeux*, et tremble au lieu de sourire.....
Tu souris, Menzikof, et la terre s'ouvre
sous tes pas. "

Tu n'as pas tort, reprit mon mari

en souriant toujours, mais je saurai
la rafermir, et me préserver. Il sonna
alors et donna des ordres pour que
notre palais fut arrangé avec magnificence et que tous les appartemens de
parade fussent préparés, et le lendemain le jeune Empereur vint l'habiter
avec toute sa cour; mon mari a pris
le prétexte plausible que la cour de
Holstein habite encore le palais Impérial. Mais cette démarche hardie n'aug-
mentera-t-elle pas le nombre de ses
ennemis? Que de raison d'être inquié-
te! A peine l'Impératrice eut-elle rendu le dernier soupir que tous les prin-
cipaux personnages de l'Empire se ras-
semblèrent dans la grande salle du palais; on ouvrit le testament de la défunte souveraine, elle y approuvait le
mariage de Marie avec son successeur.
Le grand Duc fut proclamé Empereur,

mais la cour de Holstein s'apperçut bientôt que mon mari n'était pas dans ses interêts; le conseil suprême que l'Impératrice avait institué pour gouverner pendant la minorité de l'empereur, ne s'est rassemblé qu'une fois, depuis lors c'est mon mari qui fait seul toutes les affaires, il a complétement vaincu le parti qui lui était opposé. Mais, grand Dieu, Sophie, qu'ai-je éprouvé lorsque par un ukase signé de l'Empereur, le beau frère de mon mari, le comte Devier, et ses autres ennemis ont été envoyés en Sibérie, et ont vu leur fortune confisquée!

Nous nous sommes tous jetés aux pieds du prince, moi et mes enfans nous l'avons supplié en faveur de ces malheureux; il nous a ordonné de nous lever et nous dit sévèrement, vous ne savez pas ce que vous de-

mandez. La condamnation de son beau-
frère surtout est bien dure, et on n'y
a pas changé la moindre chose, quoique nous ayons prié plusieurs fois pour
lui avec des yeux baignés de larmes.
Marie......, je ne sais, chère Sophie,
où elle prend toute sa force, et quel
est à présent son but et son projet,
je ne reconnais plus cette enfant si
douce, si timide. Lorsqu'elle vit que
toutes nos peines étaient vaines, elle
dit avec fermeté; « mon père, le seul
crime de ces malheureux est d'avoir
été vos ennemis; les loix punissent,
et doivent punir les délits, mais ce
n'est que par la générosité qu'on devrait
se venger de ses ennemis ».

« Eh bien, répliqua son père, la
« loi punit un délit; n'as-tu pas lu *l'u-*
« *kase* Impérial ? «

« Oh ! mon père, dit Marie d'un ton

pénétré, « il n'eùt coùté qu'un seul
« mot de votre part et cet ukase
« aurait contenu la grace de mon oncle
« Devier et de tous les malheureux sa-
« crifiés à votre vengeance ».

Je tremblais, mais Menzikof au lieu
de s'irriter pinça amicalement la joue
de sa fille, colorée par l'indignation
et la vertu, et lui dit en souriant : «
Tu apprendras un jour, Marie, que le
monde n'est pas tel que tu le vois dans
les beaux rêves de ton imagination ».

« Ah ! repondit-elle en jetant un
regard méprisant sur les lambris dorés de l'appartement, que ne suis-je donc
destinée à vivre dans une misérable
cabane où il ne dépendrait que de moi
d'être humaine, juste, et généreuse.
Oh ! mon père, votre sœur a embrassé
vos genoux dans son désespoir ; et
elle vous a quitté sans consolation.

Non ! s'écria Marie , en se retournant avec véhémence vers son frère et sa sœur, non , vous ne me quitterez jamais ainsi; dussiez-vous exiger de moi les plus grands sacrifices. «

Elle sortit de la chambre ; son père la suivit des yeux avec un regard singulier où se peignaient l'orgueil et le plaisir , mais non la colère. „ La petite hypocrite , dit-il en riant , ne parle-t-elle pas comme si elle était déja la souveraine de son père. Vois comme elle commence à aprécier déja le trône et le pouvoir „.

Je fus très-frappée de cette reflexion; qu'en penses-tu, Sophie? Le prince aurait-il bien jugé Marie? Ce sang froid, ce courage avec son père , qu'autrefois elle osait à peine regarder, d'où peuvent-ils venir sinon du sentiment qu'elle va régner , qu'elle sera l'épouse de son maître ; il est au moins probable que cette idée existe confusément dans son ame ; elle se sent indépendante de son père ; de là ce ton résolu, et ce courage qui vont si peu à son caractère. D'un autre côté quand je pense avec quelle fermeté, avec quel sentiment pur et sincère elle aime ce bon jeune homme, qui dans ce moment est en Perse, et y cherche peut-être le terme de ses maux ; comme son œil s'enflamme quand elle parle de lui, alors..... Se fait-elle quelque illusion ; son calme prend-il sa source dans un sentiment bien plus sublime que celui de posséder bientôt une couronne, ou bien cette couronne commence-t-elle à la flatter ? Elle reçoit toutes les marques de respect qu'on lui donne comme si elle était déja sur le trône.

Ah ! si tous les orages qui nous me-

naçaient pouvaient se dissiper, qu'un
ciel pur et serein pût luire de nouveau sur nous ! si l'amour de Marie et
de Fédor pouvait cesser ; oserai-je te
l'avouer ? ce serait un beau moment
pour le cœur d'une mère de voir poser un diadême sur le front de sa
fille. L'Empereur est un aimable enfant, son regard exprime avec toute
l'amabilité de la jeunesse, la majesté
de son origine et de son rang ; il a
le cœur excellent, et les plus heureuses dispositions, et ce qui m'enchante
et me rassure, c'est qu'il paraît avoir
beaucoup d'amitié pour mon mari.
Adieu, chère Sophie.

LETTRE XXI.

Fédor à Sapieha.

Pétersbourg 4 Juin 1727.

Tu me crois au fond de la Perse, mon cher Sapieha, eh bien, je suis à Pétersbourg et déterminé même à y paraître ouvertement, malgré les ordres du tout puissant Menzikof. Tu t'en étonnes sans doute ; il n'est pas bien surprenant cependant que je me sois apperçu aux frontières de la Perse, que ce climat brûlant né pouvait convenir à mon cœur enflammé par l'amour et par la rage. Ah ! Sapieha, j'avais besoin d'un climat glacé ; et moi aussi je veux essayer de l'être, et moi aussi je veux cesser d'aimer, dussai-je pour cela cesser de vivre.

Insensé que j'étais, je courrais le monde, et je ne songeais pas même à son inconstance; j'étais affligé, mais tranquille; je m'imaginais dans ma simplicité qu'une couronne ne valait pas autant qu'une guirlande de fleurs donnée par l'amour; voilà qu'à Azof je suis atteint par un courier du Sénat, porteur d'un ukase dans lequel je lis...... un événement...... une bagatelle...... dont moi seul peut-être dans tout l'empire ai été surpris....... je lis que Marie Menzikof est fiancée au jeune Empereur.

Oui, Sapieha, je fus frappé..... frappé d'étonnement; un frisson parcourut mes veines; Marie Menzikof!...... J'avais songé une fois que cette Marie était engagée avec un autre homme, qu'elle lui avait donné son cœur; que si cet homme eût été moins généreux; il serait à présent son époux et le seul maître de sa destinée. Je crus rêver encore du plus affreux des *rêves* en lisant cet ukase, je dis au courier que son contenu ne paraissait pas probable ; il le confirma avec des circonstances qui ne me permirent plus de douter. J'appris que la belle princesse Marie sentait fort bien le prix d'une couronne, et dédaignait la simple guirlande de fleurs ; j'appris que dans le sentiment de ses hautes destinées, elle distribuait déja les faveurs et les graces aux courtisans empressés autour de leur future souveraine ; j'appris que les fiançailles solennelles auraient lieu dans le courant du mois de juin, qu'il y aurait à cette occasion des fêtes superbes à la cour. — Alors je me décidai à laisser mes gens et mon équipage à Azof, et à voler à Pétersbourg, afin de pouvoir aussi faire mon compliment de félicitation à cette belle et fidèle épouse.

A peine arrivé j'apprends que la cérémonie aura lieu le sixième de juin, c'est-à-dire après demain, et que l'Empereur habite déja sous le même toit que Marie Menzikof; je me fais conduire au (1) *nouveau Préobrazinski*, c'est ainsi qu'on appelle à présent l'*Isle Impériale* où est située la demeure de Menzikof. Si les isles changent de nom, Sapieha, le cœur léger d'une femme ne peut-il pas aussi changer de sentiment? Je pénétre jusqu'à la porte de cet orgueilleux palais, j'entre, et je vois la future Impératri-

_____

(1) Le jeune Empereur avait donné en effet ce nom au palais Menzikof pour lui faire honneur; le palais Impérial se nomme *Préobrazinski*.

ce dans tout l'éclat de sa beauté......
Jusqu'à ce moment j'avais douté de
mon malheur, mon cœur me disait
qu'il était impossible que Màrie fut infidèle, mais je vis cette perfide tra.
verser le jardin, avec un regard fier,
assuré, tel que doit l'avoir une souveraine; les roses de ses joues prou.
vaient la tranquillité de son cœur et le
bonheur dont elle jouit. Elle entra en
riant dans une magnifique gondole, et
traversa les ondes plus constantes mille
fois que l'ingrate....... ah ! Marie, in-
constante Marie, tu ne pensais pas
alors à cette barque préparée par l'a-
mitié, où j'ai pu entrer avec toi, ou
si tu y pensois, tu te félicitais sans
doute de n'avoir pas été enlevée à la
grandeur, à ce trône que tu préfères à
l'amour.

Je restai immobile, plongé dans

une douleur trop vive pour l'exprimer !
oui c'était bien elle-même , ce n'était
pas un fantôme enfanté par quelque
mauvais génie , ou par une imagination
déréglée ; rien n'a changé en elle que
son cœur ; c'est toujours ce sourire
enchanteur , cette voix mélodieuse ,
ce regard céleste....... Mais ce cœur ,
oh Sapieha ! l'enfer est dans le mien.
Je suis de retour dans ma chambre
solitaire , je suis plus calme , je pense
encore que tout ce que je viens de
voir n'est qu'une illusion , ou que peut-
être j'ai perdu la raison. Qu'est-ce qui
m'a prouvé l'infidélité de Marie ? Elle
était belle , elle souriait ; ah ! ne l'ai
je pas vue, plus belle que les anges ,
sourire en pensant à son Fédor , en
lui jurant un amour éternel. Je t'en conjure , Sapieha , écris moi une ligne seulement, *Marie est , ou n'est pas*

fiancée à l'Empereur. Si elle l'est, je pars à l'instant, je retourne à Azof, je vais combattre un perfide. Alghaner Eschrof, qui pour l'amour d'une couronne aussi vient d'assassiner son maître ; mais s'il veut bien céder à la Russie une partie de sa proie, on le laissera tranquille..... que ne ferait-on pas pour une couronne ?... il n'a trahi que son maître ;.... mais elle !... Une réponse positive, je t'en prie.

Réponse de Sapieha.

Pétersbourg 5 Juin.

MARIE est déclarée la fiancée de
l'Empereur. Je te verrai ce soir ; je
t'en conjure sois tranquille jusqu'à ce
moment ; la perfide n'est pas digne
du chagrin qui paraît accabler ton
cœur ; encore une fois sois tranquille.
Les folies auxquelles porte le désespoir d'un amour trahi, sont le plus
grand triomphe pour l'infidèle. Que
Marie ne sache jamais que tu as été
ici, que tu y as été pour elle ; si je
connais bien le cœur des femmes cette
nouvelle aurait plus de prix à ses yeux
que la couronne pour laquelle elle te
sacrifie. Attends-moi, je veux te gué-
rir ; tu apprendras à quel point celle

que tu as tant aimée te méritait peu; avec quelle facilité elle t'a abandonné pour l'ambition....... elle est la digne fille de Menzikof.

LETTRE XXII.

Marie à Sophie.

Pétersbourg .... Juin 1727.

Sophie, chere Sophie, mon Fédor
a été ici, je l'ai vu ce même odieux
jour où je fus fiancée avec l'Empereur.
O ! comment a-t-il pu blesser si dou-
loureusement ce pauvre cœur déja si
tourmenté ? Lorsque je fus habillée et
parée avec une magnificence qui me
faisait horreur , ma mère fondit en
larmes....de joie probablement, car elle
n'a pu me cacher qu'elle était flattée
du sort qui m'attendait. Elle aimait
Fédor une fois cependant , mais il
est dit que je ne puis plus trouver
de secours qu'en moi-même. Mon père

voulut me voir avant d'aller chez l'Em
pereur ; il me conduisit dans un cabinet pour me donner encore quelques conseils. C'était ce que je dési.
rais ; il me regardait avec un sentiment de bonheur paternel qui redou-
bla mon courage ; je pris sa main que
j'inondai de mes larmes en la baisant,
et je lui dis avec une profonde dou.
leur. „ Vous m'avez destinée à être l'é-
„ pouse de l'Empereur ; encore une
„ fois, mon père, j'ose vous conjurer
„ de ne pas exiger ce sacrifice ! ayez
„ pitié de votre fille, ne me mettez pas
„ dans la position dangereuse où je
„ devrais perdre toute espérance de
„ bonheur. Vous disposez de mon
„ cœur, et vous savez qu'il ne m'ap-
„ partient plus , je l'ai donné au prince
„ Fédor Dolgorouki. Je sais bien, mon
„ père , que le jeune Empereur n'a au-

» cune inclination pour moi, nous nous
» laissons tous les deux enchaîner l'un à
» l'autre parce qu'on nous l'ordonne ;
» mais, je vous déclare que je ne me
» regarde pas comme liée par la cé-
» rémonie qui va se faire, et que ja-
» mais il n'aura ma main. Je vous le
» jure solennellement, jamais je n'i-
» rai à l'autel avec lui ; je réserve toute
» la fermeté, toute la force de mon ame
» pour le moment où vous m'ordonne-
» rez ce sacrilège, et je suis sûre d'en
» avoir assez pour l'éviter, mais sauvez-
» moi le supplice de résister publique-
» ment à mon père. Un mot, un seul
» mot, mon père, et je passe pour
» être malade, la cérémonie est ren-
» voyée, l'union projetée rompue,
» et votre fille heureuse.

Mon père fut un moment embar-
rassé, il se promena dans le cabinet

en silence, puis il revint à moi et me
dit avec le ton le plus positif, c'est
impossible Marie, j'ai tout hasardé
pour accomplir le vœu le plus cher
de ma vie..... Il le faut, Marie, et
je te l'ordonne.

„ Eh bien ! mon père, quoiqu'il
„ arrive, dès à présent je suis inno-
„ cente, vous me l'avez ordonné.

Il prit ma main avec inquiétude,
que veux-tu faire, Marie, quels projets ?.....

„ Tout ce que vous voudrez mon
„ pere, excepté de donner ma main
„ à l'Empereur en face des autels,
„ mon cœur et ma conscience me l'ont
„ défendu avant que vous me l'eussiez
„ ordonné.

Il se promena en silence.....d'ici là
il y a encore trois ans, dit-il ; mais
promets-moi du moins, Marie, qu'au-

jourd'hui et jusqu'alors tu te laisseras
guider par mes avis.

» Je ferai jusqu'alors tout ce que
» vous m'ordonnerez , mais alors, mon
» père , alors je cesserai d'obéir. »

» Nous aurons du tems pour réfléchir , dit-il avec bonté , fais seulement aujourd'hui ce que je desire , ce
que je te prie de faire , ce qui peut seul
assurer mon bonheur et ma vie. Fais
quelque chose pour ton père , Marie ,
un jour il fera tout pour toi ".

Qu'aurais-je pu dire , Sophie, » Je me
» soumets aujourd'hui seulement , mon
» père ; aujourd'hui je vais en impo-
» ser, pour la première fois de ma
» vie ; je vais promettre en apparence
» ce que je suis décidée à ne pas tenir ,
» ce que tout mon cœur dément. Si
» vous saviez ce qu'il m'en coûte, vous
» ne douteriez pas de ma soumission,

„ de mon amour filial. „ Je le quittai,
et la terrible cérémonie des fiançailles
fut consommée ; elle fut, s'il est possible, plus pénible encore par la magni.
ficence orgueilleuse et somptueuse qui
y fut étalée. Quelquefois au milieu
de toutes ces figures éblouissantes ,
il me semblait voir un spectre hideux
qui me menaçait, ou je croyais enten.
dre les pas d'un génie invisible qui
s'approchait de moi pour m'anéantir.
Tu le sais , Sophie , si c'est moi qui
ai desiré cette place pour laquelle je
n'étais pas née ; cependant je ne suis
pas exempt de reproche , qu'est-ce
qui pouvait me forcer d'entrer dans
cette salle , de recevoir cet anneau ?
Mon père ! mon père seul, Sophie ,
ne m'a-t-il pas dit que j'assurais son
bonheur et sa vie ; devais-je penser
à la mienne , m'occuper de mon bon.
heur?

heur ? oh ! Sophie , il est fini pour jamais. Elle se termina enfin cette odieuse cérémonie, mais ce qui suivit était encore mille fois plus cruel , il me fallut recevoir les félicitations de toute la cour ; ce n'était pour moi qu'un son monotone et insignifiant , je ne les écoutais pas et je me perdis dans mes pénibles idées....Tout-à-coup mes oreilles sont frappées du son d'une voix que je connaissais trop bien pour m'y méprendre , c'était Fédor , Sophie , lui que je croyais en Perse , et qui mêlé dans la foule des courtisans venait à son tour me complimenter, mais au lieu du formulaire d'usage , il me disait à voix basse , avec l'expression de la fureur : *Perfide ! est-ce ainsi que tu tiens tes sermens ?* Je tressaillis , je sentis un boulversement dans tout mon être , je chan-

cellai et je tombai sans connaissance
entre les bras de ma mère, qui me
voyant pâlir était accourue auprès de
moi.

Lorsque je r'ouvris les yeux je me
trouvai dans une chambre voisine,
entourée de ma mère et de la famille
Impériale. Maman me dit à l'oreille
que personne ne soupçonnait la cause
de mon évanouissement; on l'attribuait
à la fatigue d'avoir été debout si longtems pour recevoir les complimens.
Bientôt mon père vint aussi, et je lus
sur son visage de la colère et de la
confusion qu'il cherchait à dissimuler.
La fête finit de bonne heure, et tout
le monde se retira. Mon père feignit
d'ignorer aussi la cause de ma faiblesse, il ne me dit pas un mot de
Fédor, et me fit même des caresses;
mais ses yeux étincellaient, et ses sour-

 qils se fronçaient à chaque instant.
Il resta avec nous jusqu'à ce qu'un
officier de son régiment vint lui faire un
rapport ; il l'emmena dans une chambre
voisine de celle où nous étions. Je pré-
tai l'oreille , et j'entendis mon père lui
dire avec l'accent de la joie : „ bien ,
très-bien , le secret sur votre vie ; res-
tez là , je vais faire l'ordre pour le
commandant. „ Je l'entendis sortir ,
je pris à l'instant mon parti ; j'ouvris
la porte qui me séparait de l'officier ,
et j'entrai en conversation avec lui par
quelques mots insignifians..... Tout-à-
coup je lui dis du ton le plus naturel, mais en baissant la voix. « Vous
n'avez eu aucune difficulté à arrêter
le jeune Dolgorouki ?... „Votre Altesse,
sais donc, demanda-t-il d'un air confus"?
— « Eh ! mais sans doute , comment
ne le saurais-je pas.... On le conduit à

Cronschlos. Plus troublé encore il répondit, non, madame, c'est à Schlusselbourg ; mais, madame..... C'est le
prince sans doute qui vous a confié....
il m'avait ordonné......"

— „ De vous taire. Et moi votre future souveraine, je vous ordonne de
parler ; quand partez - vous ? je vous
attendrai auparavant dans le pavillon
du jardin , j'ai quelque chose à vous
dire...... au plus tard dans deux heures je compte sur vous."

Il s'inclina en me disant très - bas,
j'obéirai. Je courus dans ma chambre,
j'écrivis à mon bien aimé Fédor, et
j'allai ensuite dans le jardin et au pavillon. Ah ! du moins, pensai-je, il faut
que cette funeste élévation qui me coute
tant de larmes , me serve à quelque
chose. L'officier m'attendait „ Vous allez conduire votre prisonnier à Schlus-

:selbourg, obéissez à votre général ;
mais moi, la future épouse de votre
Empereur, je vous ordonne de remettre cette lettre à votre prisonnier,
et de m'en rapporter la réponse «.

Il était irrésolu..... „ Il m'est sévèrement défendu, me dit-il, de laisser aucune communication..... «.

„ Vous est-il défendu de m'obéir,
repris-je ? je ne le suppose pas..... je
vous l'ordonne donc, et je vous donne
ma parole que jamais il ne sera question des lettres qui vous seront con-
fiées, que jamais on ne saura que
vous les ayez remises. Mais Si vous
refusez d'exécuter mes ordres, je
me le rappellerai un jour, et vous....
J'espère ne pas commander en vain. „

— «Oserai-je dire au prince Menzikof ce que vous m'ordonnez "?

— „ Dès que j'aurai la réponse à ma

lettre vous ferez ce que vous jugerez
convenable ".

—„Votre Altesse sait combien mon.
seigneur son père est rigoureux" ?

— „ Vous remettrez cette lettre et
„ vous me rapporterez quatre lignes
„ de réponse ; le prince Dolgorouki
„ gardera le secret comme moi, je
„ vous en donne en son nom sa pa-
„ role d'honneur ; et pour moi je vous
„ le promets „

Il hésitait toujours et ne prenait
point la lettre. „ Je ne m'attendais pas,
dis-je d'un ton très-doux, d'essuyer
aujourd'hui un refus ; si vous ne voulez
pas obéir aux ordres de votre future Impératrice „ cédez au moins à la prière
d'une amie". Il me baisa la main, et
me dit ; votre lettre sera remise,
Madame, et vous aurez la réponse.
Nous nous séparâmes par des allées

différentes ; personne ne nous avait vus ; je me rendis de là chez ma tante , et je restai aussi longtems que je le pus auprès d'elle. Quand je rentrai au palais je fus obligée de me mettre au lit ; cette terrible journée m'avait extrêmement éprouvée , et je pris beaucoup de fièvre ; mais le jour suivant l'espoir de recevoir la réponse de Fédor m'engagea à me lever et à descendre au sallon ; je l'ai reçue et suis tout-à-fait calme. Adieu Sophie.

LETTRE XXIII.

Fédor à Sapieha.

Pétersbourg 6 Juin 1727.

Je l'ai revue encore une fois, Sapieha , il m'était impossible de ne pas
la revoir , de tenir une parole insensée que mon cœur démentait en
même tems que ma bouche la prononçait. Oui je l'ai revue , elle était debout à côté du jeune Empereur sous
un baldaquin, ses regards étaient fixés
en terre , tout son corps paraissait glacé ; ses beaux grands yeux se soule-
vèrent avec peine , et ses lèvres faiblement colorées s'entrouvrirent pour
laisser échapper un soupir de sa poitrine oppressée. Non , Sapieha , Ma-

rie n'est pas infidelle, son barbare père
la forcée ; une femme pour qui la
couronne aurait quelque prix, et qui
voit la moitié du monde à ses pieds,
n'a pas ce maintien humble, abattu,
ne soupire pas comme Marie ; et cependant Sapieha, j'ai pu l'outrager, je
l'ai nommée perfide, et je l'ai vu suc-
comber sous le poids de mon injus-
tice qui mettait le comble à son malheur. Pauvre innocente victime, non,
non, tu n'es pas coupable !

J'étais derriere la foule des courtisans
qui l'entouraient pour la féliciter ; elle
avait l'air de ne rien voir, de ne rien entendre : Oh ! Sapieha ! peut-être dans
le secret de son cœur elle ne voyait,
elle n'entendait que son Fédor, sans
se douter qu'il fut si près d'elle. La
Duchesse de Holstein s'avança pour
l'embrasser, Marie plia le genoux de-

vant elle, et reprit bientôt après son
air distrait et occupé. Mon tour vint
de lui baiser la main ; j'étais violemment ému en m'approchant d'elle, et
au lieu du compliment ordinaire, je
lui dis très-bas : „ *perfide, est-ce ainsi
que vous tenez vos sermens ?* Ah! Sapieha, ces mots cruels qui m'échappè-
rent malgré moi furent à peine prononcés
que je vis la pâleur de la mort couvrir
son visage, et ses yeux se fermer ;
elle chancella, sa main cherchait un
appui, elle trouva les bras de sa mère
qui s'approcha d'elle ; sortez, me
dit tout bas la Princesse d'un ton
sévère ; mais que son regard maternel était doux et touchant ! Elle reçut
sa fille évanouie dans ses bras. Et moi,
Sapieha, je me précipitai avec désespoir hors de cette salle où mon cruel
égoïsme occasionnait tant de trou-

ble , et je restai dans les corridors jusqu'à ce que j'eusse appris qu'elle était
revenue à elle. Je vais quitter Péters-
bourg , je pars dans ce moment même ; adieu , Sapieha , tu auras bientôt
de mes nouvelles. Non , te dis-je ,
elle n'est pas coupable , mais elle est
sacrifiée , et n'en est pas moins perdue à jamais pour moi. Qu'ai-je encore à perdre ?. .... ma vie ?..... Elle
m'est odieuse, adieu , peut-être pour
toujours , j'ai......

— Ma demeure est entourée de
soldats , on vient pour m'arrêter encore , mon domestique m'a tra......

LETTRE XXIV.

Marie à Fédor.

Billet remis à l'Officier.

Pétersbourg 6 Juin au soir.

FÉDOR, est-ce donc là ta confiance
en mon amour, en ma constance? Tu
me rappelles mes sermens, et c'est toi
seul qui manques aux tiens. As-tu donc
oublié ce moment où tombant à mes
pieds tu me juras par le ciel, par notre
amour, par tout ce qu'il y a de plus saint,
de ne croire à aucun bruit, à aucun
récit, pas même à ma mère ni à Sophie, quand elles te diraient que je
suis infidelle; pas même aux plus fortes
apparences, tant que ma bouche ne
les confirmerait pas. Tes sermens n'é-
taient donc que de vaines paroles.

Moi , Fédor , je n'ai point manqué
aux miens, je te suis fidelle ! mais tant
qu'il me reste la moindre lueur d'espérance , je me laisse guider comme
ils le veulent ; seulement j'ai averti
mon père que je ne me croyais pas liée
par cette vaine cérémonie , à un enfant.
qui ne sait pas encore ce qu'il veut ;
et qu'une femme qui ne l'aimera jamais , qui n'en est point aimée , ne
saurait rendre heureux. Qu'ai-je donc
fait pour être accusée de perfidie ?
M'as-tu vue aux pieds des autels ju-
rer d'appartenir à un autre homme ?
Ai-je dit, ai-je pensé que je pouvais en
aimer un autre que Fédor ? Aujour-
d'hui, sous le dais, au milieu des grandeurs , entourée de courtisans et de
flatteurs , j'étais la même pour toi ,
Fédor, que dans les bosquets de Ronebourg , et plus malheureuse mille

fois que tu ne l'étais dans ta prison, entouré de gardes. Fédor, je l'habitais avec toi cette prison où l'on te retenait captif parce que tu aimes Marie. J'aimais à me représenter ma chambre comme un cachot, mes jalousies comme des barreaux et des grilles. Oh ! si j'avais pu réellement être prisonniere avec toi ma vie entière ! que je me trouverais heureuse !.... Et tu peux croire que cet anneau que tu m'as vu recevoir, que ce trône où j'étais assise, que ces hommages peuvent me plaire et me flatter, ne connais-tu donc plus ta Marie ?

Mon courage m'a donné ce moyen de t'écrire et de recevoir de tes nouvelles, je me suis engagée pour toi au secret le plus absolu. Sois tranquille, Fédor, je suis encore, je serai toujours à toi, rien ne pourra détacher nos cœurs l'un de l'autre, ni prison ni

couronne. Il y a encore, de l'espoir
pour nous, s'il s'évanouït tout-à-fait,
si l'on m'a indignement trompée, alors
nous irons nous réunir dans un monde meilleur, où notre amour si vrai, si
constant, sera une vertu qui recevra sa
récompense, avec cette idée, avec mon
entière confiance en ton cœur, Fédor, et
en la providence, je suis calme et tranquille ; dépend-t-il de mon père de nous
séparer ? Peut-il défendre à nos ames
d'être intimement unies ? à nos cœurs
de battre l'un pour l'autre ? à nos ima-
ginations, de nous rapprocher malgré
l'absence ? Qu'un monde entier soit
entre nous, nous ne serons pas séparés. Ne doute plus de moi, Fédor,
je n'ai jamais douté de toi, c'est ce
qui m'a donné la force de tout supporter, même tes nouveaux arrêts,
même ton soupçon de perfidie. Adieu,
Fédor, à toi pour jamais.

Réponse.

O Marie adorée ! tu m'as sauvé ; oui je te l'avoue , j'ai douté , mais ce que j'ai souffert a expié cette faute ; à présent je tenais à l'amour , à l'espoir , au bonheur , et le jour de mon arrestation , ce jour où l'on a cru me rendre malheureux , est le plus beau de ma vie , il nous réunit à jamais. Combien je l'aime celui qui m'a remis ta lettre , puisse le ciel le protéger ! Il est mon frère et mon ami ; pour sa première récompense il a vu couler de mes yeux les douces larmes de la joie et de la reconnaissance. Oui Marie, j'avais renoncé à la vie , mais comme un bon génie tu es venue me retirer de l'abîme , me donner la force de tout

souffrir pour toi. O toi qui m'as sauvé
du désespoir, sois mille fois bénie !
Oui je suis tranquille, je né douterai
plus du cœur de Marie, je le serais
même si l'on me conduisait à l'échaf-
faud, sûr de te trouver au-delà. Non,
Marie, non fille célestè, aucune faiblesse, aucune plainte ne deshonorera
le cœur que tu as trouvé digne du tien.
Digne du tien, Marie ! non ce cœur
là n'existe pas ; mais heureux, mille
fois heureux celui qui peut en approcher, celui que tu aimes. Adieu, notre bienfaiteur me presse de finir. Adieu
adieu !

LETTRE XXV.

La Princesse Menzikof à Sophie.

REVIENS auprès de nous, ma chère Sophie, ta douceur a si souvent su calmer la violence de mon mari, peut-être le pourrais-tu encore. Je me trompais lorsque j'ai cru que Marie commençait à sentir le prix d'une couronne, il est aisé de voir qu'elle la déteste; mais que veut-elle donc cette chère enfant ? Depuis ma dernière lettre il s'est passé des choses qui m'ont prouvé qu'elle aime toujours Fédor, et cependant je ne puis la comprendre. Il expie dans une prison, à la forteresse de Schlusselbourg, son audace d'avoir osé venir à Pétersbourg

le jour des fiançailles de Marie et de
l'Empereur ; elle le sait et elle est
tranquille ; son père exige d'elle qu'elle
cherche à gagner l'affection du jeune
souverain. Sans désobéir positivement,
elle sait mettre dans ses manières avec
lui, un respect si profond, une réserve si imposante, qu'elle l'éloigne plutôt que de l'attirer ; cependant elle
convient qu'il est très - aimable. Elle
est aussi froide et respectueuse avec
la princesse Elisabeth , la tante de
l'Empereur qui est souvent avec lui.
Si tu voyais notre Marie tu ne com-
prendrais pas ce que sont devenues
ces graces, cette aménité qui lui ga-
gnent tous les cœurs. Aussi l'Empereur la recherche peu, et la craint
plus qu'il ne l'aime. Cependant elle
reçoit les hommages des courtisans
comme leur Impératrice désignée et

paraît tout-à-fait soumise. Explique-moi
cette énigme si tu le peux, chère Sophie?

Je commence d'ailleurs à jouir de
quelque repos d'esprit, et je n'ai plus
d'inquiétudes sur mon époux, l'Empereur paraît l'aimer beaucoup. Alexis
Dolgorouki, gouverneur du Czar,
et son fils Ivan, l'ami et le favori du
jeune monarque, demeurent au palais, et semblent aussi se rapprocher de Menzikof. Mon fils a été nommé grand chambellan pour qu'il put
être beaucoup avec le souverain, et
contrebalancer son amitié pour Ivan
Dolgorouki; il est amical, ouvert avec
nous tous, excepté pourtant avec Marie
dont le ton sérieux lui en impose. Brukenthal, à qui rien n'échappe, remarque
aussi avec peine, qu'il se tait dès qu'il
est question d'affaires d'état, il baisse
alors la tête, il écoute en silence avec

un air mécontent ; mais le point essentiel est qu'il aime mon époux , et
je n'en puis douter. Il lui a donné
dernièrement une preuve de sa reconnaissance d'une manière très-aimable
et très-délicate ; il entra dans la salle
où la cour était rassemblée et l'attendait; il jeta un coup d'œil sur Menzikof: Je veux , dit-il , avoir un Feld-
maréchal de moins. Menzikof pâlit,
mais l'Empereur s'approcha de lui tout
de suite avec amitié et lui remit une
patente en lui disant : Vous n'êtes plus
Feld-maréchal , vous êtes Généralis-
sime de toutes mes armées. Personne
n'en était instruit, l'Empereur venait de
faire expédier cette patente sous ses
yeux. Mon époux fut si heureux que
je le fus aussi de son bonheur ; à
présent, me dit-il le même soir , mon
pouvoir est inattaquable. „ Au moins

aussi longtems que l'Empereur restera
ton ami ,, dit notre prophête de malheur, le prudent et craintif Brukenthal. Le prince qui lui passe tout, ne
put retenir un mouvement de colère. ,,
Tu es un insensé, lui dit - il, serais-
-je où je suis si j'avais écouté tes ti-
mides conseils? Brukenthal lui répliqua froidement. ,, Menzikof tu as pâli
,, aux premiers mots de l'Empereur ;
,, pourquoi aurais - tu pâli si j'ai si
,, complettement tort ? l'Empereur l'a
,, remarqué tout comme moi ; il s'est
,, hâté de te rassurer. Mais ce que
,, tu n'as pas vu, et que j'ai très-bien
,, observé, c'est le plaisir secret qu'il
,, en a ressenti ; à cet âge on ne com-
,, mande pas encore à ses traits, et son
,, regard et son sourire disait ce qui
,, se passait dans son ame ; « j'ai fait
,, trembler le tout puissant Menzikof, ,,

pensait _ il avec joie, „ et il ne tien-
„ drait qu'à moi de l'anéantir". Ah !
„ Menzikof, je crains que tu ne trem-
„ bles souvent encore devant cet en-
„ fant que tu as placé seul au dessus
„ de toi. Ne te flatte pas trop de ses
„ marques de faveur, ne t'y trompe pas,
„ ce ne sont point des preuves d'ami-
„ tié, mais des preuves de son desir
„ impatient de gouverner par lui mê-
„ me. Je ne puis concevoir qu'un cour-
„ tisan aussi fin que toi n'ait pas déviné
„ pourquoi il te comble de tant de fa-
„ veurs; c'est que c'est la seule occasion
„ qu'il ait d'éxercer son autorité, il
„ ne peut rien faire d'autre sans ton
„ concours. Son favori même, le jeune
„ Ivan Dolgorouki, qu'il aime si ten-
„ drement, reste simple gentilhomme
„ de la chambre, pendant que ton
„ fils est grand _ chambellan....... Pour-

» quoi ? Parce qu'il faudrait s'adres-
» ser à toi pour l'avancer , parce que
» ce serait toi et non l'Empereur qui
» le ferait chambellan ; mais il te com-
» ble de dignités parce que c'est lui
» qui te les donne , et que dans ce
» moment là du moins s'il satisfait
» tes désirs , il n'obéit pas à tes or-
» dres. Menzikof, s'il s'apperçoit un
» jour qu'il peut t'abaisser aussi faci-
» lement qu'il t'élève , et qu'il t'a-
» baisse pour être indépendant, alors...
» Et qui sait si ta pâleur, ton trem-
» blement quand tu as cru qu'il t'ôtait
» ta place, ne lui a pas fait faire
» aujourd'hui cette importante décou-
» verte ? toute la cour n'a-t-elle pas
» remarqué qu'il était plus fier, plus
» animé qu'à l'ordinaire, qu'il par-
» lait d'un ton plus assuré ; quelle
» pouvait en être la cause ? Tu te

tais...

„ tais...... eh ! bien je vais te le dire
„ encore, car j'ai lu dans son ame,
» j'ai fait pâlir Menzikof, bientôt je
„ serai mon maître „.

Ne trouve-tu pas, chère Sophie,
que cette idée est trop recherchée pour
être vraie ; quelle apparence qu'un
enfant de treize ans!... Cependant mon
mari en a été inquiet pendant quelques instans, quoique chaque nouvelle faveur de la fortune augmente sa
sécurité. Je m'exprime ainsi, Sophie,
car je sais bien que d'autres nomment
cette sécurité orgueil et suffisance, et
que Brukenthal, qu'il aime, dont il
connaît tout l'attachement et qui ose
tout lui dire, l'appelle encore d'un nom
plus affreux ; il profita du moment de
trouble qu'il avait donné à son ami,
pour continuer à l'effrayer. „ Ton pa-
« lais, lui dit-il, est nommé d'après

« les ordres du Czar, le palais Im-
« périal ; on te reprochera un jour,
« comme un excès de hauteur impar-
« donnable, comme une vraie usurpa-
« tion, d'avoir accepté ce titre pour ta
« demeure. C'est aussi une faveur très-
« remarquable que cette permission
« qu'il t'a accordée de faire prendre
« à ton régiment ses quartiers ici dans
« cette isle, on t'en fera un jour un
« crime. Que l'Empereur te témoigne
« seulement un peu de froideur, et
« tout de suite mille voix s'élèveront
« pour lui faire l'énumération de tous
« les délits que tu as commis, et de
« la trahison que tu médites.

— « Es-tu hors de sens, Brukenthal!
« s'écria mon mari ; des délits, de
« la trahison, que veux tu dire ? »

— « Que tu laisses appeler ta demeu-
« re le *palais Impérial*, que tu ayes

« placé près de toi ton régiment d'In-
« germanie qui t'est si fidèlement dé-
« voué ; que tu sois devenu Généra-
« lissime des armées pendant que l'Em-
« pereur était sous ta tutelle ; que tu
« ayes supprimé le conseil suprême
« nommé par la défunte Impératrice.
« Ne seront-ce pas là des preuves de
« haute trahison aussi-tôt qu'on vou-
« dra te perdre, et qu'il faudra des
« prétextes. Dis la vérité, celles que
« tu as alléguées contre le comte Devier
« et son parti, valaient-elles mieux ?
« En veux-tu d'autres ; la cour de
« Vienne ne t'a-t-elle pas fait pré-
« sent de la principauté de Kosel en
« Silésie ? Une cour étrangère ferait-t-
« elle un tel présent à un autre qu'à
« un traître ?......

Mon mari leva les épaules, et ne dit
rien ; il ne paraît pas que l'éloquence

du père Brukenthal lui ait fait impres.
sion, il méprise ses avertissemens, il
se croit au dessus des coups du sort,
il ne se donne pas même la peine de
ménager personne, et lorsqu'un seigneur de la cour, quel qu'il soit, ose
avoir une autre opinion que la sienne
il le traite avec hauteur, et souvent
avec dureté. Le souple Ostermann lui
même, fut si fort offensé par lui à la
suite d'une légère altercation, qu'il n'est
plus revenu au palais. Ce qui me fait
le plus de peine, c'est la négligence
avec laquelle on traite la cour de
Holstein, et celle de feue l'Impératrice.
Brukenthal dit que ce n'est pas de là
que peut venir le danger...... cela se
peut, mais ne leur devrait-on pas
des égards? Non, Sophie, je ne suis
pas née pour la cour, mon cœur
m'entraîne vers tous les malheureux,

je ne ferai cas du pouvoir que pour
être leur protectrice.

A ma priere et sur l'ordre de Marie ,
on traite le comte Devier et ses com-
pagnons d'infortune en Sibérie, avec
toute la douceur possible ; le gouverneur est bon et compatissant. On ne
devrait jamais donner les places où il
faut exercer de la rigueur qu'à des
hommes doués d'un cœur assez sen-
sibles pour savoir l'adoucir, et ne pas
ajouter sa sévérité à celle de la loi.
Adieu, chère Sophie , ne veux - tu donc
pas revenir auprès de tes amis ?

LETTRE XXVI.

Marie Menzikof à Sophie.

Pétersbourg. ... Août 1727.

FÉDOR a été transporté de Schlusselbourg dans un autre forteresse ;
mon père aurait-il appris que je lui
ai écrit ? ou bien croit-il qu'il y était
encore trop près de moi ? Oh ! bonne
Sophie, que ne puis-je dire à Fédor
que nos maux vont bientôt finir ; le
ciel en soit loué, l'Empereur ne m'aime pas, je crois même qu'il me hait ;
ce n'est pas seulement de l'indifférence, c'est du dépit de ce qu'on le force
à m'épouser. Mon père, oh ! Sophie,
il est absolument aveuglé par son
ambition satisfaite, il ne voit pas que

les bases de son pouvoir s'ébranlent
tous les jours davantage ; tandis que
moi qui ne suis point accoutumée aux
intrigues de cour je m'apperçois si
bien que le cœur du Czar s'éloigne entièrement de lui et de nous tous. Je
voudrais que tu pusses voir, Sophie,
comme Alexis Dolgorouki s'incline devant moi jusqu'à terre lorsqu'il me
rencontre, comme il se tient toujours
comme un esclave à une distance
respectueuse et comme lorsque *je*
daigne lui adresser la parole, il
baisse les yeux avec un humble sourire. Tant de respect à la fille de
Menzikof, ne ressemble-t-il pas à
de l'ironie ? Et son fils Ivan, ce jeune
homme si doux, si souple, toujours
prêt à voler au moindre signe, toujours poli, qui sourit éternellement et
ne change jamais de physionomie, qui

lorsqu'on lui demande où est l'Empereur, et ce qu'il fait, répond toujours:
„ Je l'ignore, je ne le vois que lors-
„ que j'y suis appellé par mon em-
ploi „. Et ce jeune homme posséde
exclusivement et en entier le cœur de
l'Empereur, mais il le cache comme
un secret dangereux. Ce jeune homme
est né courtisan, il en a déja toute la
politique, toute l'astuce ; il gagne l'a-
mitié du jeune monarque par tous les
moyens possibles, par son empressement
à lui rendre des services, sa complaisance, ses flatteries adroites auxquelles il sait donner les couleurs de
la vérité, et surtout par l'apparence
de l'attachement le plus dévoué, et
d'une sympathie qui lui fait toujours
éprouver au même instant jusqu'au
moindre sentiment du monarque. Le
jeune Souverain qui est réellement

franc et sensible, desire d'être aimé comme ami, et non comme maître ; le trône ne lui fait point oublier jusqu'ici qu'il est un homme et qu'il posséde un cœur, et c'est à ce cœur seul qu'Ivan paraît attaché „ M'aimes tu, Ivan, lui dit un jour le Czar dans un moment de tendresse? „ Comme si vous „ n'étiez pas Empereur „ lui dit le jeune Dolgorouki. Et l'Empereur, les yeux baignés de larmes, se jeta dans ses bras.

Je voudrais aussi que tu visses la Princesse Elisabeth, tante du Czar, et sa sœur la princesse Nathalie ; autrefois elles me témoignaient de l'amitié, à présent elles ne m'abordent qu'avec la plus froide politesse. Tout est changé, ma chère Sophie, et quelque quand malheur plane sur nous. L'Empereur suit encore ponctuellement les

volontés de mon père, sans même essayer de le contredire, cependant il
me semble qu'il veut essayer peu-à-
peu ses forces, comme l'aiglon qui
du haut de son rocher agite d'abord
ses aîles, s'élance sur le sommet le plus
rapproché, ensuite un peu plus loin, puis
d'un vol audacieux il monte au haut des
airs et se précipite sur sa proye. L'Empereur hasarde de tems en tems une
petite volonté d'un ton assez décidé;
c'est ainsi que de lui-même il a rap-
pellé de l'exil tous les Lapuchin. Mon
père voulut faire à ce sujet quelques
réprésentations, mais le Czar rougit
et dit très-sérieusement et avec fermeté „ je le veux. „ Il desire d'aller à
Moskou pour se faire couronner; mon
père paraît avoir des raisons de différer
cette cérémonie; le Czar n'a jamais rien
désiré aussi vivement que ce voyage,

cependant il n'a pas dit encore, *je le
veux*, mais je prévois que bientôt il
le dira. Le jeune comte Ivan couche
dans la chambre du Czar, qui s'en
sépare à peine un instant. Les Lapuchin, les Dolgorouki, les Gallitzin
sont très en faveur, et très-actifs; mon
père le sait, le voit, et reste tranquille. „Ils n'oseront pas m'attaquer, dit-
il en riant, je suis devenu trop puissant, je n'ai plus rien à craindre. „

La cour de Holstein est partie; je
n'ai pu retenir mes larmes en voyant
cette Princesse, la fille de notre grand
Empereur, si humiliée, et ne trou-
vant autour d'elle que des visages gla-
cés; lorsqu'elle prit congé de son neveu..... Le Czar gagne tous les jours
plus l'amour de son peuple, et réellement il le mérite; je n'oublierai de
ma vie sa conduite lors du dernier et

si terrible incendie qui consuma les
magasins de la marine, et trente-deux
vaisseaux sur le chantier. Les flammes
s'élevaient jusqu'au dessus de notre
palais, comme une mer embrasée ;
le reflet éblouissant des eaux de la Néva, les tourbillons de fumée brûlante
qui se joignaient aux nues, les cris,
les gémissemens, le son des cloches,
les coups de canon d'alarme, la chaleur presque insupportable, la crainte
que notre palais ne fut bientôt enflammé. O Sophie ! qu'elle spectacle affreux.
Eh bien le Czar avec un courage au-
dessus de son âge, se rendit au lieu
de l'incendie dans une chaloupe ; il
donna lui-même des ordres, encoura-
gea, récompensa ceux qui se mon-
traient les plus zélés à porter du secours et fit punir les indolents. C'é-
tait la première fois qu'il se montrait

en public comme Empereur, et partout il fut accueilli par les témoignages d'amour les plus flatteurs. A sa
vue les cris d'effroi se changèrent en
acclamations ; il fut infatigable et resta
jusqu'à ce que le danger fut passé.
Et lors qu'il rentra au palais couvert
de poussière, échauffé par le travail,
ses habits noircis par l'approche du
feu, accompagné de milliers d'hommes
qui le bénissaient, il me parut que tout
d'un coup il était devenu homme fait,
ce n'était plus un enfant, c'était un grand
souverain qui commandait le respect et
l'amour. Lui-même en avait je crois le
sentiment il s'avança avec une noble fierté au milieu des grands de l'Empire,
donna des ordres, et dit d'un ton presque
effrayant.„ Vous me répondrez que mes
ordres seront exécutés tels que je les
ai donnés. „ Il salua la multitude avec

les graces de la bonté et de la jeu_
nesse. Sa sœur qui vint à sa rencontre
lui demanda à combien se montait la
perte que l'incendie avait occasionnée?
Quelqu'un répondit „ à plusieurs mil.
lions. „ Qui peut penser à une perte
d'argent ? dit le jeune Monarque avec
attendrissement , cinq cent personnes
ont péri dans les flammes „.

Chère Sophie , j'aurais voulu em_
brasser ses genoux : j'ai fait distribuer
aux incendiés tout l'argent dont j'ai
pu disposer , et pour la première fois
j'ai senti que le pouvoir suprême pou_
vait être un bonheur. O ! combien
les moyens et les facultés des hom_
mes sont peu de choses en comparaison
de la prompte dévastation causée par
cet élément destructeur ! Lorsque les
flammes s'étendant au _ dessus de la
Néva atteignirent les vaisseaux qui y

étaient en rade, que le feu fit partir
les canons, et que les magasins à pou-
dre sautèrent en l'air avec un fracas
dont on ne peut se faire une idée , je
vis trembler des hommes qui jusqu'à
ce moment peut-être n'avaient jamais
connu la crainte ; tous les yeux se
tournèrent vers le ciel comme pour
y chercher du secours. Depuis ce jour
de malheur, le Czar semble avoir ar-
raché les lisieres avec lesquelles on
le retenait, il se promène à cheval
dans la ville, il va à la chasse qu'il aime beaucoup ; il a passé même quelquefois la nuit dans quelque maison
de chasse. Quand nous demandons où
il est, on nous répond, à la chasse
avec les Dolgorouki , ou avec les Gallitzin. Il commande plus qu'il ne faisait avant l'incendie , et souvent
on dirait qu'il cherche à cacher un

dépit secret. Je crains , chère Sophie,
que l'explosion de ce dépit ne soit prochaine , et dirigée contre mon père ;
mais pourrait-elle l'écraser entièrement?
Je ne puis l'imaginer ; il y aurait bien
de l'ingratitude à l'Empereur de perdre tout à fait celui qui lui a mis la
couronne sur la tête..... non, mon père
ne perdra jamais qu'un peu de son
grand pouvoir, ses projets d'ambition
s'en iront en fumée , et nous n'en serons que plus heureux ; alors, Sophie,
Fédor sera mis en liberté parce qu'il
est un Dolgorouki, et alors.....

Fin du premier volume.

A. LAFONTAINE

—

MARIE
MENZIKOF
ET FÉDOR
DOLGOROUKI

1

www.ingramcontent.com/pod-product-compliance
Lightning Source LLC
Chambersburg PA
CBHW050307030726
47505CB00003B/608